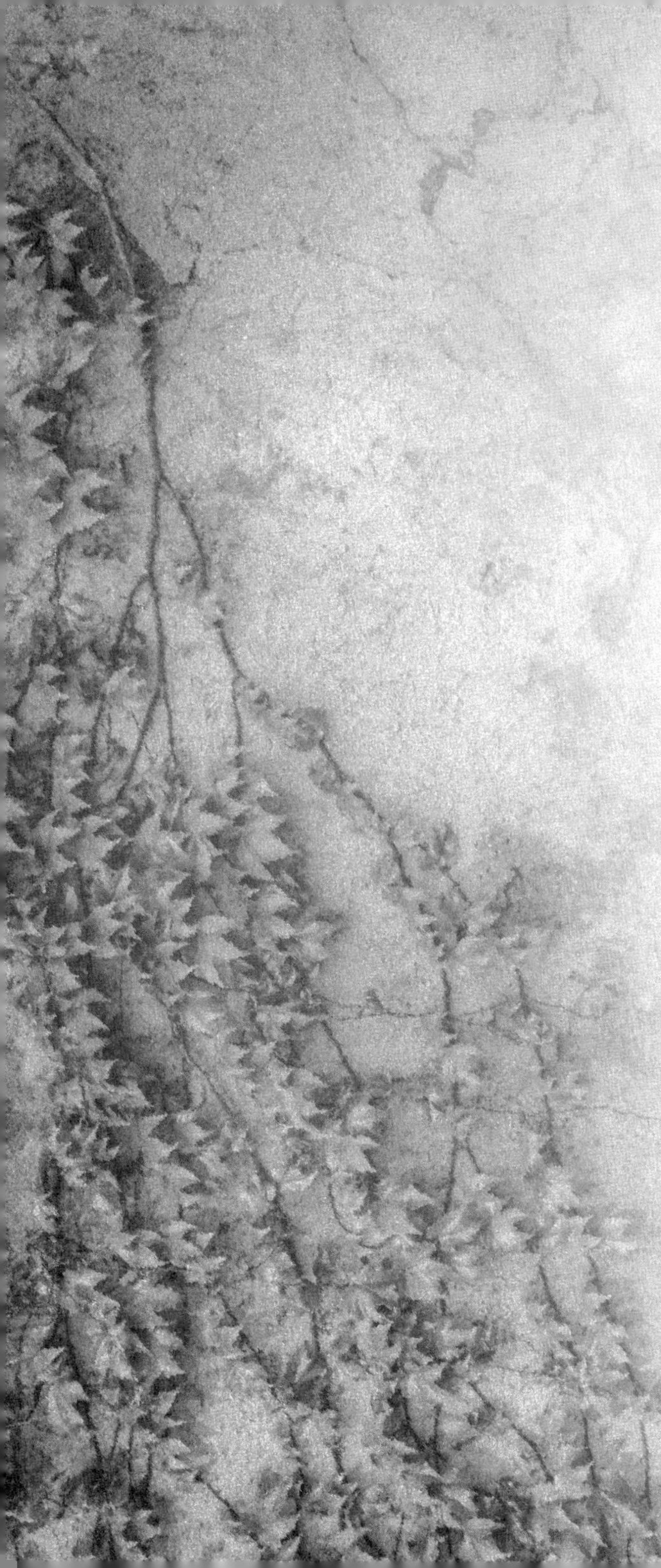

末世國度 Endland

馬丁・薛伯樂（Martin Schäuble）著

宋淑明 譯

媒體好評

「作者藉此書批判當前德國極右派民粹思想的復活，擔心將來『國家替代黨』（又譯『國家另類選擇黨』）和新納粹勢力一旦得到政權，可能剝奪民主自由、迫害人性，而再度逼迫德國走向窮途末路。針對德國人收容難民議題的主題上也具有社會批判性，值得推薦。」

——鄭芳雄（教授）

「很多人不願承認馬丁・薛伯樂的小說其實很接近德國另類選擇黨（Alternative für Deutschland，縮寫AfD）的承諾。」

——《法蘭克福匯報》（*Frankfurter Allgemeine Zeitung*）

「馬丁・薛伯樂將我們的時代中，以川普、英國脫離歐盟、民粹主義、德國另類選擇黨與難民問題所醞釀的災難加以組織、呈現。這是為了保衛民主的當頭棒喝，他功不可沒。」

——《每日鏡報》（*Der Tagesspiegel*）

「以喬治・歐威爾的《一九八四》為典範，書中所訂下的時間，距離我們所生活的時空只往未來延伸出一點點，馬丁・薛伯樂寫出一部政治小說。國族主義、敵視外來者、似是而非、民粹主義的口號，影響也決定著年輕主角們的養成。」

——《南德日報》（*Süddeutsche Zeitung*）

「絕對推薦！」

——RBB文化電台

「一部機智且刺激，點出現今許多問題的小說。沒有比這部小說討論的議題更符合時事了。」

——北德電台

作者的話——給台灣讀者

那些黯灰陰冷的

我拜訪過台灣，在訪台期間跟大家介紹了我的書《消失吧，紙本世界！》（*Die Scanner*），因此在我得知《末世國度》也即將跟大家見面時，更令人興奮。我在構思如何寫這篇感謝台灣的讀者一文時，人在耶路撒冷。在這裡，我讀《末世國度》給巴勒斯坦女孩們聽。她們上女校，學習德語。朗讀會前，我突然醒悟，我的反烏托邦（Dystopie）小說中所講的士兵、高牆和鐵絲網，對這些女孩來說，完全不是假想或反烏托邦，而是現實。而到了晚上，我朗讀《末世國度》的對象不再是巴勒斯坦的女孩們，而是以色列人。我的小說中有必須服兵役的年輕男子，他們在兵役期間必須監守武裝森嚴的邊界。對這些來聽我的書的以色列讀者而言，這部小說同樣的不是科幻或反烏托邦，而是日常。

但是在《末世國度》中我想傳達的，其實比這個更多。在地球上有很多國家，右派民粹政黨（再度）獲得政權。對擁護這種意識形態的人來說，我的《末世國度》應該是理想國，而不是反烏托邦。因此我覺得，讓右派民粹主義者和國族主義者能夠讀到這部小說，就更形重要了。為什麼呢？安東——《末世國度》中的男主角，就是這種意識形態的追隨者。這個意識形態對他來說，幾乎已經成為信仰。隨著書裡一頁一頁的推進，安東體驗到國族主義和種族隔離的意義。在一個單一的社會裡，在不歡迎其他的宗教和文化的這個社會中，一切生動活潑的鮮豔繽紛都會變成「冰冷的黯灰」（eiskaltes Grau）。

那些讓我們豎起耳朵，引起我們興趣的，經常是改動過的字辭，這是第一個徵兆。右派民粹主義的德國另類黨員很快地用這種選詞方式得到民眾支持，建構「灰色陰冷的」（graukalte）字眼。「難民」改為「入侵者」，組建國家、為國盡心的政黨被說成「舊黨」。這些似是而非的字詞造成了似是而非的事實。

在氣候變遷到處都能感受到的同時，這種政黨不是只想消滅異族而已，還與生態環境為敵。根據這種政黨的言論，我們人類和全球暖化現象沒有關係，國家應該刪除保護生態環境的政策。

因此我在書中發明了法娜這個角色，她其實不是無中生有的「發明」，世界上有許許多多的法娜。法娜代表因為全球暖化氣候變遷引起的災難而陷入貧窮、而遭受飢餓的所有人。當右派民粹、頭腦簡單、黯灰陰冷者——安東，遇見這樣的法娜時，會發生什麼事？

這就有待您自己去體驗發掘了！我在此預祝您在台灣有一部緊湊的讀物或是踏上屬於自己環遊世界的旅程。

誠摯的，

馬丁・薛伯樂／羅伯・桑塔格

（我發表《消失吧，紙本世界！》的筆名）

目次

獻給那 71 個人

序

「走啊！」年輕的女人大叫。她在布滿玻璃碎片的地上一瘸一瘸地行走，雖然腿上都是割傷，她還是勉力攙扶著一個男人。他的年紀不比她大多少，身穿制服，腰帶上繫著警用橡皮短棍。「還不快離開！」她咆哮的對象不是身邊這個警官，這個警官已經無法自己行走，他急需醫治。而她針對的是另一個男人。

不斷閃爍的藍光從大街那邊逼近，警笛聲放開喉嚨叫囂，來了至少有五、六輛車。救護車、救護車，拜託來的是救護車，她如此希望。一輛運送人員的警務車從街角轉彎進來。配戴警棍的男人癱軟倒下，年輕的女人將他拉起來。她身後的熊熊大火燃燒著桌子、椅子、櫃子、床具、衣服、箱子和紙，很多很多的紙。火舌吞噬所有的一切。

燒吧！誰在乎？他們人在外面，他們成功地逃出來了。

幾噸重的水泥屋頂摔落到地上，震得地面晃動不已。空氣中捲起泥灰雲渦，灰色塵霧漫上他們汗濕的身體。

另一個男人站在幾公尺遠的地方。他手裡握著手機，正想拍照。雖然全身一直在顫抖，他仍然按下快門，同時發給了全部共五三二個好友。然後，他將手機扔進火焰中。

幾分鐘之後，已經有將近兩千人瀏覽了他的照片。同一天的夜裡，半個德國都知曉了這場災難。轉播車紛紛駛進現場，隔天早晨所有報紙的頭版差不多都是這張照片，已造成九十四死、一五〇傷，到目前為止。

照片裡的場景宛如在一個戰場上，雖然武裝的無人飛機射中的，不是敵方，而是旁邊的救護車。那是意外，並不是故意的。

只是，發生的地點不是在有戰爭的地域，而是這裡——在德國。

然後還有碎磚破瓦中的這個女人，以及她懷中重傷的人。他們應該不是伴侶，明眼人馬上就能看出來，雖然到處是塵灰、煙霧與火焰。

兩人身後一面牆上，有人用真人大小的字體寫了一些句子。

照片上看不見這些字，因為它寫在牆的背面，在被摧毀的建築物裡：有一個人。他跪下，向前屈身，低頭，兩手放在地上。他祈禱著，他留了下來，直到掉落的水泥天花板墜下，埋葬了他。

1 法娜

校長瞪著天花板，閉上眼睛，深吸一口氣，慢慢地搖了搖頭。我很久沒有看到她這個樣子了，她很生氣，真的非常生氣。

這個學校的校長我認識很久了，我在這裡差不多生活了半輩子。在這所學校裡，我學會認字和書寫、英文與德文。

兩個小時前，她請我到她的辦公室。從醫院也是我工作的地方，到這裡需要花一個小時。阿迪斯阿貝巴是我們的首都，它幅員廣大。

我醫院那邊的同事一直在咒罵，當然他們會罵了，現在醫院裡正缺人手，為什麼？因為衣索比亞的飢荒又開始了。

人的身體會因為飢餓而衰弱，身體一衰弱，就會染上各式各樣的疾病。我們應該把病人安置到哪裡去，大家都束手無策。我希望，是真的有什麼重要的事，發生在我的母校裡。

「這些德國人……」校長張大了嘴喘氣，眼睛依然直勾勾瞪著天花板。「他們以為自己是有錢的外國人，就可以為所欲為。」

「到底發生什麼事了？」我問。

「一個德國女人，她需要協助，但是她想要自己跟你解釋。」她閉上眼睛，低下頭。「前提是，如果她今天還出現的話。」

她的桌上擺著一盤爆米花，這是傳統的咖啡盛宴後剩下的食物，可能之前有高階層的人來拜訪過。但是我的待遇和以前一樣，校長不會拿出任何吃的喝的招待我——連冷掉的爆米花和放太久的咖啡都不會，雖然我現在的身分差不多可以算是她的同事了。

一周三次我在這裡教授德語。醫院裡賺得太少，那邊的工作反正也不是正職。我在為大學學費存錢，或者，說得更清楚一點，我存錢，為的是在念大學期間不必一天工作十二個小時。如果情況一直像現在一樣，那麼大概十五年後我就能存夠錢了。

校長抓起一把爆米花。「我已經拒絕這個女醫生兩次了，但是因為大使館這個男的打電話來說……」

門突然彈開，撞到櫃子。一張裱框證書掉到地上，玻璃碎了一地。

「哦，該死！」

說這句話的灰髮的白種女人，她的年紀可以當我的祖母，六十五歲左右，我猜。

「抱歉。」她收拾地上的玻璃碎片，我也幫她。

「沒問題。」校長叫祕書來整理乾淨。

然後她以邀請的手勢，指指我旁邊的椅子。

我不必是一個心理學家也能察覺出，校長現在就已把這個德國女人恨到骨子裡了。

「我只會說一點點德語。」校長捏住拇指與食指，給她看兩指之間兩公分的小縫隙。「我是校……」

這個德國女人完全不理她。「妳一定是法娜了？」

我點頭。

「謝謝妳給我時間。」她轉向校長。「我跟法娜可以在哪裡談話？」

「這裡。」校長再一次指她書桌前空著的椅子。

「好的。」這個德國女人顯然現在才慢慢領會，在這裡事情如何進行。她坐下，伸出手從碗裡抓一把爆米花，丟進嘴裡。

天哪，我完全不敢看校長的臉。

德國女人嘴巴嚼著、思考著，接著跳起來、走到門邊，將門打開。

「一個談話的好地方，謝謝。法娜和我只需要十分鐘……」

校長瞪著這個德國女人，不知道該拿她怎麼辦。

德國女人用縮減版的英文再次重申她的意思。

「Thaaaanks. Seeeee youuu laaaater.（謝……謝！等……會……見！）」

校長搖頭，從我們身邊走過。「Netsch Ayt!（白老鼠！）」

德國女人熱情過度地鞠躬，「Ameseginalow.（謝謝。）」

校長困惑地轉身，想說什麼，德國女人已經把門關上。

「您會說阿姆哈拉語？」我問。

「衣索比亞的語言？完全不會，只會『謝謝』，也許再一、兩句別的。」她微笑，

「校長對我說了什麼？」

「您真的想知道？」

「這麼難聽？」

「她說您是『白老鼠』。」

「聽起來滿可愛的。」女人端起盤子，遞給我。

我抓起爆米花，好像鹹了點，除此之外還滿好吃的。好了，現在德國女人和我在做相同的事。

「法娜，我是卡拉。請原諒我遲到了。我在阿法爾州的一家醫院工作，阿法爾州在……」

「我知道阿法爾州在哪裡。」她是覺得我有多沒常識。

「我在那邊需要妳。」

我嚥下一口口水。我不敢聽，如果她現在提供我一份理想的工作，又怎麼辦？我父母這一輩子都不會允許的。這個德國女人真的一點都不了解衣索比亞，我不可能這麼簡單就跟著她到那裡去，加上有些地方在阿法爾州需要開十個小時的車才能到達，而我的家庭生活在這裡，我卻必須在那裡過夜。

「沒那麼簡單，這裡比起德國來更要命地複雜得多……」

「要比嗎？那裡現在根本是一團亂麻。」

為什麼她忽然這麼憤怒？我知道在德國現在的氣氛如何，我在手機上閱讀德國線上報紙以練習德文。在外國人下榻的豪華飯店前是最好的位置，那邊有穩定的無線網路。而且總是有人拿著手機站在那邊，已經知道網路密碼。

我知道德國那邊有多麼該死地複雜！選舉、國家另類黨當選、政治迫害、種族隔離。但是，德國人總歸還是德國人，而且媒體報導總是過於誇張，不是嗎？

「在德國總是還有……」

卡拉把盤子往桌上一扔。「別說德國了！」

爆米花在校長的電腦鍵盤上滾動，一顆爆米花卡在F和G之間。校長要是看到了，不會心臟病發才怪。

「父母是問題？」卡拉問。

關於我的國家，顯然她還是知道一些。

「是。」

「我們可以想辦法。」

「什麼辦法？」

「我在阿法爾州需要妳，十萬火急，我需要妳當翻譯。妳在那裡差不多就是我的助理，也可以學到東西。」

「為什麼找我？您……」

「我們彼此平稱就好，不用跟我說敬語。」

「妳又不認識我，為什麼要我？」

「我想想。」她往椅子後面靠，從褲子口袋裡掏出一個髮圈，開始將灰髮束成辮子。「妳會說流利的德語，這裡德國社群裡的人對妳都讚不絕口。」

那只是因為我總是無償地替他們翻譯一些有的沒有的文件。

「妳已經在城裡的一個醫院裡打工，也已經上過課，妳懂的甚至比一些看護還多，而且不怕工作辛苦，抗壓性也高。主任醫師已對妳熱情期望著啊。」髮辮束好，她往嘴休息，然後攤開雙臂說：「我遺漏了什麼嗎？」

「沒有男主任醫師，我老闆是女的。」

「好吧，最後一句是我亂編的。」

兩天之後，我站在德國大使館前面。卡拉說，我們要跟一個朋友去見我的父母。到了我父母那裡，我們可以好好冷靜地談一談。我所知道、認識的卡拉也許在很多方面都很強，但是冷靜絕對不是她的長項。

她對我說，我應該不用擔心。

我當然曉得我的父母，而我也真的非常擔心。我這一輩子以來，他們還沒有讓我單獨旅行過，而卡拉，這個自信、灰髮、綁辮子的德國女人，穿的還是牛仔褲，在我父親面前絕對沒有機會。對這樣的女人他沒有好感，這樣的女人跟他的世界不合。更何況鄰居會怎麼想，如果我跟這樣一個女人離開的話。

一個年紀較大的男人從使館大門裡走出來。他穿著黑色的西裝、白色的襯衫、打著一條紅色的領帶，朝我揮手。

「法娜？」

我們在計程車上都還沒有坐穩，他就開始大笑。

我困惑地看著他。

「卡拉真是瘋狂！」他說。

「她在哪裡？」

「阿法爾州隨便哪張手術桌前都有可能。」

這是一個測驗嗎？我笑一笑，對這個句子先不做反應。但是這個衣著光鮮的大使館官員沒有再繼續說什麼，所以我只好問：「她人根本不在城裡，是嗎？」

他朝我轉過身來，低頭看我，「我的天哪！她完全沒有告訴妳她的計畫？」

我沒有回答他。

他大聲地笑。對他來說，這一定是非常好笑的事。

「如果我們跟妳的父母不說全部的事實，會很糟嗎？」

「什麼？」我的意思是，沒有人喜歡欺騙自己的父母，但我反正已經是慣犯了。我的父母跟大部分和我們住同一城區的人一樣，生活方式非常傳統。我生活在其中感覺像住在博物館裡。當然，很多和我同年齡的人都這麼覺得。但是可能是因為德語的關係，我的眼界被拓展開了，因此這樣的生活對我來說，困擾也更大。

也因為如此，卡拉在校長室裡的言行令我馬上就覺得她十分可親，而她我行我素，根本不管別人怎麼說。

從大使館裡出來的這個男人，打開計程車裡隔開前後座的窗，讓計程車司機幫他點菸。「這是一個善意的謊言。」

「哪一種善意的謊言？」

「哎呀，最好的例子就是文學創作與真理之間。」

我一個字都沒有聽懂。但是我要這個工作！卡拉給的報酬很有良心，而且我同時還可以就讀醫學。更何況跟我的父母距離更遠一點，這一點確實很吸引人。

在我的城區裡的這段車程令我感到很不舒服。我身邊這個人在大使館工作，他是從一個富有的國家來的，他只要一個半天所賺的錢可能就跟我父親一個月所賺的錢一樣多。他住在有警衛、有廚師、有園丁的漂亮房子裡，而我們所住的房子屋頂是鐵皮做的。我們一個房間裡住三個人，他一個人就能獨享三個房間，至少三個房間。

我們昨晚好歹有自來水。白天有的時候會缺水，晚上才會有水。碰上這樣的夜晚，我母親便會徹夜不眠，等著水管裡咕嘟一響，她就會馬上起床，將家裡所有大大小小的容器都裝滿水。即便如此，大使館裡的人可能還不願意用這樣的水刷牙呢。德國網頁上我讀到一個有關衣索比亞的消息，它叫人在衣索比亞一定要買瓶裝飲用水——來刷牙！

他要是想上廁所怎麼辦？我們房裡沒有自己的洗手間，整個城區只有一個給所有人共用的廁所。

幸好我們還有電，不必點蠟燭，或者使用手電筒。

計程車停在我家的小屋前。屋裡燈亮著，哈哈，有電呢，真的是有電的晚上。

我只有跟母親說，這是有關阿法爾州的一個很好的工作機會。

「我們怎麼能做這個！」她用充滿責備的語氣回答我。

我們確實不能這麼做。我的家庭，像我之前說的，非常傳統。在我們這裡，沒有所謂的個體、我這種東西。能算數的只有群體，也就是我們。所有人都覺得這樣很好，幾乎所有人，只有我對此感到憤怒。但是我個人不算數，因為只有我們，群體才算數。

再怎麼樣我還是說服了我父母，跟他們見一面。我不想永遠都為了這麼點吃不飽又餓不死的薪資工作，在阿迪斯阿貝巴的醫院或者德國學校都不行。

我的母親開門，大使館的男人向她伸出手，身體微微前傾。我母親感覺很不自在，但是這只有我才能察覺到，因為在這種時候，她的笑容總是有點嘴角歪斜。德國人又再一次欠身。

「我的名字是史密德勒醫師。」

啊，他現在是一個醫生了，我想，我大概知道善意的謊言要撒什麼了。

我察覺，家裡焚香的味道非常重。母親也許想藉這個味道掩蓋午餐的菜味。瓦茲一她自己做的配薄餅的醬汁，味道夢幻，缺點就是吃完之後，一屋子洋蔥和大蒜味驅之不散。雖然如此，我們家總也還是每天可以開伙，城區裡很多人家早就已經負擔不起了。在市場上連最簡單的蔬菜或者水果，近來都貴得太離譜。有些人將剩飯剩菜加熱三到四次，每天如此，直到他們有錢去買新的菜，買極少的麵粉、香料或者幾個番茄。

或者我母親剛剛禱告完畢，所以家裡的味道像教堂。如果是這樣的話，那麼她就是因為高階層的人要來拜訪，所以心神不寧，像我一樣。不然的話，她幾乎不禱告了。

我父親坐在桌前，禮貌性地站起來一下。他注意傾聽德國人要說什麼，其實，聽的也是我的翻譯。

這個德國人說他在醫院裡如何以領導醫師的地位注意到我的表現，為什麼他一定需要我為他工作，為什麼除了他以外，所有的工作人員都是女性，護士宿舍又有多麼安全。他粉飾得太多了，如果按照我的品味判斷的話。

我父親在每個句子結束時，都點了個頭。他不是一個善於表達感情的人，點頭對他來說，已經是千言萬語了。也許他還是察覺出其中有一絲詭譎，但是從外面看起來一切完好，而這才是最重要的。我父親畢竟是愛我的，他要我成為一個賺大錢的醫生，可不是嗎？

當德國人說到我一個月會領到多少錢的時候，父親短促地張大了嘴。他一周六天在飯店擔任夜間警衛，每晚勞心勞力達十個小時。他的英語程度幾乎是零，但是他的一個表親在廚房工作，而且這個表親認識一個在行政部門的人，所以這個人才給了父親這個工作。

「我會考慮考慮。」父親說。他看看母親，再望一眼史密德勒醫師。「請喝點咖啡吧。」

在我們這邊就是這樣，至少當客人來訪的時候。男人負責沉思，女人負責煮咖啡。母親在地板上攤開一張氈子，從廚房一個角落搬來必要的器具，然後在一張木製小矮凳上坐下。

史密德勒醫師放鬆地往後靠，他了解這個儀式。他知道，施行這個儀式需要時間。母親在燒紅的碳塊上烘焙咖啡豆，輕輕搖晃鋪滿豆子的平底鍋，將香氣往我們的方向搧著。德國人深深地吸氣，緩緩微笑，舒服地點頭，他的微笑和我所認識，與他同年紀的男人一致。他的一舉一動都對了。

母親在磨臼裡將咖啡豆搗成粉。

「加糖嗎？」父親問。

「我比較喜歡加鹽。」我將他的回答翻譯出來。

史密德勒醫生今天將角色準備得很好。我不認識有其他外國人喝咖啡加鹽的。對我父親來說，這也是頭一遭，他一連點了兩次頭。

這個德國人喝咖啡的方式猶如我從鄉下搬到阿迪斯的祖父母，但是現在我們再也沒有人這麼做了。

母親放一碗溫熱的爆米花在桌上，傳統喝咖啡的儀式都是如此。大家都開始吃爆米花。接下來話題只會談天氣，雨季太短，而之前和之後的乾旱則太長。漸漸地，我不再集中注意力傾聽，而只是翻譯一個大概。

外面雷聲隆隆，雷陣雨正在聚集，不到兩分鐘，暴雨傾盆，打在我們的屋頂上。冷風從門的縫隙鑽入，我們不必趕忙去關窗戶，因為窗框裡根本什麼都沒有。這樣一來，至少有點暖空氣留在屋裡。

史密德勒醫生注意到角落一個罐子，漏水從鐵皮屋頂的一個洞滴到罐子裡。他看向他的外套，再看看我。父親馬上意識到，接下來要發生什麼。

父親跳起來，「不，不，您現在不能走！外面雨下成這樣，不行！」他消失在分隔兩張沙發與我父母的床的布簾之後。

我知道他要幹什麼，「不要啦，」我說，「史密德勒醫師真的要走了！」

父親提著一個瓶子又出現了。「他不是醫生嗎？那他應該知道，什麼對健康有好處！」

瓶子上寫的是伏特加，但是裡面的燒酒是朋友自己釀的。

父親讓母親把兩個咖啡杯洗起來，然後斟進半滿的酒。

「史密德勒醫生，您不需要……」

但是史密德勒醫生早已和父親碰杯，一口乾下。我父親容光煥發，史密德勒先生也回敬他燦爛的笑容。他們兩杯下肚後，就該輪到我翻譯燒酒裡的成分了。

「玉米、麥芽、大蒜和一些祕密。」

到第四杯後，雨停了，謝天謝地。

我將史密德勒先生一直送到大街口，我們一起等計程車過來。

「這個善意的謊言撒得真大。」我的口氣聽起來比實際上更生氣，但其實我只是鬆了一口氣，這次晤面終於過去了。

「撒謊？我真的喝咖啡喜歡加鹽啊！在愛爾蘭那個時候，我也總是喜歡加薑……」

「哈哈哈，很好笑，你不用再演了。」

「不是所有的一切都是謊言。」他點上一根香菸。

「什麼不是謊言？」

「妳的酬勞，比如說。卡拉自己掏腰包雇妳，她有金庫。」

「還有什麼是真的？」

他深吸一口菸，回答的時候從嘴裡噴出白霧，像在煮東西的鍋子。「我真的有博士學位。」

「但是絕不是醫學博士，您之前描述醫院工作時所說的話，證明您一點都不懂。」

「沒錯，我不是醫學人士。」

「那您的主修是什麼？您的學位是什麼學門的？」

「政治學……都上輩子的事了……」

「原來如此，您的遊說口才是這麼訓練出來的。」

「狗屁，才不是。」他吹掉菸頭的灰，「是戲劇株式會社，從中學就開始了。」

一輛計程車停下。我向他伸出手握別，他深深地欠身。

「再見。」我說。

「應該不會，兩周後我就回德國了。」

「一切順利！要回國您應該感到高興。」

史密德勒醫師嚴肅地看著我，「我屬於那些國家另類黨不喜歡的人。」

「那您為什麼還要回去？」

「因為德國大使館一個接著一個地閉館。」

「這是種族隔離政策實施的措施之一嗎？」

「不是，比較像是我們被當地趕了出去。」

「卡拉會留下來嗎？」

「她會留下來，不用擔心。她畢竟是因為這種情形才從德國到這裡來的。」

「她來移民嗎？」

他考慮了一下，「她是難民吧！」他苦笑。他們也許是很要好的朋友，甚至比朋友更親密？現在他必須回國了。

史密德勒博士坐上計程車，從開著的窗戶丟出菸頭，菸頭掉在一攤水上。

我還站在車門旁邊。

「我不如卡拉有勇氣，」他說，「不然我也會留在衣索比亞，做些別的事。」

「您和卡拉一樣勇敢，因為您選擇回國。」

他看我最後一眼。「我愈來愈能理解，卡拉為什麼一定要和妳一起工作。」

我走回小屋，在門口遇到父親。他手上還拿著裝酒的杯子，他看著我，點了點頭。

我知道那是什麼意思，臉上不禁展露笑容，進屋去找母親。

父親的決定並不令我驚訝，我們城區裡從來還沒有任何大使館人員進來過。這位可親的先生不僅拜訪了我們，而且還保證給我們很多錢。

母親坐在沙發上看電視，眼淚成行。對她來說，告別是最難的。

我坐到她身邊，雙手環抱著她，現在我也無法真正地高興起來了。她頭靠到我肩膀上，電視上播的是才藝競賽，她最喜歡看的電視節目。

三天後，眼淚早就被忘記了。我不需要將醫院的工作辭掉，因為我從來沒有得到過工作合約。

父親不在家，去工作了。母親連父親的份一起似的，把我緊緊抱在懷裡，她甚至強迫自己擠出一絲微笑。阿法爾州的工作是絕無僅有的機會，這個她當然知道，雖然離別是這麼的痛苦。

她千囑咐萬叮嚀，腦袋裡轉的念頭滿是怎麼才能讓我好好照顧我自己，像我這樣年輕的女人該注意什麼，有哪些危險潛伏在各處。雖然我們的鄰居裡沒有人離開過這個城區，最可怕的故事還是會在這裡到處流竄。

母親站在門框下，雙唇顫抖，眼眶又開始濡濕。但是她沒有再開口，只是在我身後一直揮手。

去阿法爾州卡拉的醫院的車程不是十個小時，而是二十個小時。馬路上積水嚴重，車子的輪胎不時陷入泥濘，大卡車拋錨，嚴重塞車。雨季就是這樣！

我的座位下是旅行袋，母親堅持幫我打包的，好像我有很多東西要整理似的。從未離開過阿迪斯阿貝巴的父親，在一旁不斷給她建議。

我手機上來自薩米娜的訊息我讀了又讀，她馬上就能了解我，不愧是我最要好的朋友。阿迪斯阿貝巴這個城市是比較熱鬧繁華，這是當然的，但是然後呢？這個然後才是最重要的。雖然如此，我還是想念她，非常想念。

薩米娜不像我，她不是天主教徒，而且她的父母甚至比我的父母還要傳統。他們不是在阿迪斯出生的，而是從鄉下搬來的。

「妳要逃走？」這是薩米娜的第一個反應。我一開始很生氣，我怎麼會是要逃走！但是我想得愈久，就愈清楚：沒錯，我的確在逃走。

逃離父親，逃離我們的小屋，逃離我的城區，逃離阿迪斯阿貝巴。

在阿法爾州的這個醫院，跟阿迪斯像巨大監獄一樣的醫院比較起來，像一個倉庫。

卡拉的門上貼著一張紙，紙上只有卡拉兩個字，我猜是她自己貼上去的。卡拉兩個字下面有人幫她寫了衣索比亞文字，還加上博士的頭銜。

我在門上敲了敲，門只是半掩著。卡拉看著窗外，耳朵上貼著還是十七世紀的手機似的。她在講電話，沒有注意到我。

「什——麼？」她大喊，重重地甩上櫃子的門，把一幅畫震歪了。顯然她就是這樣的人，大聲公破壞王。至少這次畫作沒有直接掉到地上。「你們有三台，我只需要一台，就一台！」

電話那一頭的女人也大聲起來。

卡拉毫不讓步。「把它從插座上扯下來，包好，送去給史密德勒，他馬上要飛過來了。以上。」

電話那頭大聲在吵什麼。

「你要怎麼交代？就說被偷了不就結了。拜託，沒有人會發現的。你們馬上會得到一台新的。」

電話另一頭的女人又開始激動。

「犯罪？親愛的同事，妳所做的，才真正是犯罪。妳做的決定會死人，知道嗎？對，妳是……喂？喂？」

卡拉把手機丟到桌上。「該死的！」她一屁股重重地坐在她的旋轉工作椅上，之後她發現我時，臉上的陰霾一掃而空。我懷疑她身上有情緒轉換器，只要一秒就可以從最低潮切到最高漲的情緒。

我也想在父親身上裝這種轉換器，老實說，我自己也想要一個。

卡拉揮手叫我到她身邊，把一個藍色的卷宗翻開。「我們開始吧。」

呃，好吧，時間就是金錢，但是總要讓我先驚魂甫定一下吧？在阿迪斯的她友善多了。她現在對我說話的樣子，已經像她對校長說話的那個樣子了。

我拍拍我的行李，意思是告訴她：喂，我才剛剛抵達，也許我現在需要的，是一個房間！

她的辦公室非常小，兩台手提電腦躺在桌子上，位於攤開的書本、文件夾、紅色的病歷表和一台咖啡機之間。桌子旁邊是鋪著床單的沙發，沙發頭上的水管掛了褲子、上衣和襯衫。

哦，原來她住在這裡。我的新老闆睡在工作桌旁邊，如果她有上床睡覺的話。

我到達之後還不到五分鐘，就在問自己，到阿法爾州來這個決定是對的嗎？除此之外，還有一件事困擾著我，而且從我們第一次見面就開始了。「我可以問妳一件事嗎？」

「我們在賓客大樓有一個房間給妳。」

「不是不是，我要知道的，不是這件事。」

卡拉站起來，把椅子推給我，指指椅子，自己則坐到對面的沙發上。她看起來好累，累到她可能倒頭一睡，接下來兩周都不會醒過來。

我還是站著沒有坐下，「為什麼選擇衣索比亞？」

她拿下眼鏡，用手抹臉，看起來更疲倦了。「桌上放的是妳房間的鑰匙，先安頓好再說吧。」

桌上的鑰匙起碼有兩副，卡拉現在也看到了。「黃色文件夾上那一副。」她看看錶，「兩個小時後我們在這裡見，」她揉揉眼睛，「然後我會讓妳明白，我為什麼選擇衣索比亞。」

我已經到了走廊上了，卡拉還在背後大叫，「帶上文件資料！我在上面註明了，我們最緊急需要的是什麼。那個愈快翻譯出來愈好！」

我假裝沒有聽見，讓文件留在原地。卡拉也可以先對我說，她很高興看到我。

在馬路邊一個攤子上，我買了一瓶可樂帶到我的房間。不管商店的貨架上空缺到什麼程度，這個便宜的糖水永遠不會缺貨。

賓客大樓的房間很小，但是它整個是屬於我的。在家裡，我們三個人睡在一個房間裡，而這種奢侈只是因為母親在我之後就沒有再生育了，不然的話，空間就會更擠。

經過一天的旅途之後，我非常疲倦。我看著窗外的醫院建築，一個房間接著另一個，白天的光線正逐漸撤退。我看到一些病人，從這個距離，我可以辨認出他們在笑或者在哭。工作人員紛紛離開醫院，有些人則留下，夜班開始。

兩個小時後，我按照約定又站在卡拉的桌前，她遞給我白色的制服、手套和口罩。她的腋下夾著紅色的病歷文件夾。走廊上的燈光幾乎都熄滅了，我盡量忍住，不把呵欠打出來。

一個醫生經過我們身邊時，卡拉和他擊掌打招呼。「Selamno妳好，法娜！」他也對我說。

他知道我的名字，消息似乎已經傳開，有一個新人來了。

病房看起來和阿迪斯阿貝巴一樣簡單。我們所進入的房間裡，擺著八張床位。八張床的周圍，至少有十個人躺在床單上或者自己帶來的草蓆上。

這些就地而眠的人是病人的家屬，他們包辦、照顧病人的一切，包括把血樣送到實驗室去化驗，之後再去把結果領回來。需要醫生時，他們就在醫院裡到處找人，而且死命地纏住醫生，直到他放下手邊的事跟過來。沒有家屬的病人，在醫院裡勝算不大。

房間裡大部分的人都在沉睡，卡拉朝一個在角落蹲著的男人走過去。當他察覺到我們的時候，立即把身邊的女人推醒，然後兩人跟著我們穿過一條很長的走廊。

「他們是昨天到達的，帶著三個孩子，我們現在要去看最小的那一個。」
「他在哪裡？」
「在手術室。」
「他在手術中？」
「不是。」
我們在一個寬大的走廊轉彎，牆上掛著黑框的兒童畫。圓圓的頭，細長的線條表示手臂和腿。其中一幅有武器，黑色、圓形的子彈飛向箱子一般的房子。這幅畫旁邊的畫作，畫面上則是坦克車，輾過狗或者馬，反正是四條腿的動物。
卡拉發現我因為看畫腳步慢下來，「啊，忘了給妳介紹，這些畫掛在這裡據說已經有十多年了。」
「內戰吧。這類的兒童畫我看過。」
不論是我還是其他任何衣索比亞人都不會想到要把這些畫掛到牆上，只有外國人，以為自己在幫忙：我們來畫畫，讓藝術幫助我們忘記戰爭的苦難。要是有這麼容易就好了！卡拉似乎也是這樣的一個外國人，不然的話，她也不會身在阿法爾州。
走廊裡長椅和地板上都睡著人，和阿迪斯沒有兩樣。有些人住在醫院裡，他們沒有自己的家。白天他們在街上乞討，晚上則睡在醫院走廊。高官來訪的時候，他們必須走避消失，其他的時候他們都可以留下。這裡的遊戲規則和阿迪斯明顯沒有不同。這對父母和我不是什麼高層，我們面前三張併起來的椅子上躺著一個老人，赤腳，衣服基本上已經是一塊褐色的抹布。

卡拉慢慢推開一扇門，讓我和小孩的父母先進去，在我們身後，再小心地將門關上。我都不知道，原來她可以這麼輕聲。

螢幕上心電圖的曲線來回波動，製氧機發出嗡嗡的聲音。兩瓶點滴掛在生鏽的架子上往下滴，我讀了一下標籤，一瓶是葡萄糖鹽水，一瓶是胺基酸。

這些儀器看起來都和阿迪斯的一樣老舊。在黑獅醫院裡故障的儀器，被置放在數不清的走廊中的一處，沒有人知道怎麼修理。醫院寧可直接等待新的捐贈儀器，或者等待外國來的技術團隊。但這些昂貴的儀器是不會被處理掉的，也許有一天它們又能運轉了，誰知道。

在這裡沒有什麼會讓人聯想起「實習醫師格蕾」、「豪斯醫師」或者「急診室的春天」這些陪伴我長大的美劇。一個在我們德語學校教了半年，來自德國的女教師完全不理解，我們在這裡怎麼可能認識這些電視連續劇。當她得知，我們的時間都花在什麼上面的時候，她簡直不知道怎麼反應。「你們家裡既沒有冰箱，沒有洗衣機，也沒有衛浴間，但是居然有播放美國連續劇的電視？」但是她很快就理解，為什麼會這樣。在我們這裡，看電視是最便宜的休閒活動，當電視機運轉沒問題的時候，幾乎用不上什麼電。

說到底，在阿迪斯的醫院裡，現實還是擺在眼前。沒有一間手術室是鋼和鋁建成的，沒有哪一樣醫療用品是最新的狀態。大多數人會被這種情形嚇到，但是我卻因此對醫學更感興趣。陪伴在人的身邊，有時候甚至是他們生命中最後的一段。每天救活一個人，至少一個。我承認，聽起來很灑狗血，很陳腔濫調，但是對我來說，真的是如此。

我和卡拉以及這對父母站在一張床前，在這堆儀器、管線之下，我花了一會兒工夫才認出躺在裡面的小男孩。

他光頭，眼睛緊閉。他的面容消瘦凹陷，皮膚乾扁皺褶，這個小男孩看起來與老人無異。嘴唇浮腫，嘴角乾裂，一條管子插進鼻孔，他藉此得到營養。要是我沒記錯的話，給這種病人的食物叫作F-100或者F-75，是粥狀物。注射器的針頭插在瘦骨嶙峋的手上，心電圖的電極貼在胸口。

小男孩的手臂讓我想起手腳是細線的小人，在外面長廊牆上掛著的畫裡。

這些我都認識，這些我都見過。

「因為這個所以到衣索比亞來？」

卡拉困惑地看著我。「不應該嗎？」

她真的這麼天真？我真慶幸小男孩的父母聽不懂德語。「卡拉，世界上每天有兩萬多人餓死，妳覺得妳在這裡可以解決問題？」

「我什麼問題都不能解決，但是一己之力，是我可以貢獻的。」

一提到改善世界，我就會想起那個柏林人。我們是在阿迪斯阿巴斯的日內瓦咖啡館認識的，這個咖啡館，外國人有時候也敢進來。柏林人那時站在門口的咖啡烘焙機旁，發電機在咖啡館前轟轟作響，以確保電力足夠機器運轉。

烘焙機蒸氣裊裊，咖啡豆的香味四散，而他什麼都不做，只是站在那裡。他一直站在那裡，直到我發現他在看我們這一桌，他在看我！我們交換了一個微笑，之後他過來和我們坐在一起，好像我們是多年的老朋友。他介紹自己，我們談論阿迪斯阿巴斯、談論飢荒。然後他說：「我是來援助的。」他在一個慈善機構裡實習。

接下來幾個星期，當這個柏林人工作的時候，他總是坐在咖啡館裡。據他說，他的老闆不在乎他在那裡敲打鍵盤，反正待在咖啡館或者辦公室都一樣。柏林人寫的是一些報導，這些報導對我們的幫助當然真的是不同凡響的大。

雖然如此，我每次要見他的時候，還是很興奮。我從未喝過像在這些日子這般多的咖啡。他不但風趣、聰明，而且英俊帥氣。這些特質都集中在一個人身上，真是太難得了，我是指說，在男人身上。

然後我們也在別的地方見面，不久我們就發現，我們彼此相愛了。一開始的時候他很小心，因為他不知道，這種關係在我們這裡會如何發展。

我帶他到包廂裡，讓他可以自在一點。咖啡館裡有像火車包廂一樣的座位，桌子和桌子之間有一道屏風。情侶想要親熱的時候，就去那裡，畢竟，包廂座就是為了這個目的而存在的。他以前非常會接吻，但是這裡的「會」字，強調的是過去式，因為三個月之後，這個柏林人就飛回去了。

從衣索比亞回到他奢華的世界，裝在行李箱裡的是做了善事後的良好感覺。在他的履歷上，這個英雄壯舉般的旅程，一定會列在他的異國經驗之下。

而我則是他私人清單上外國友人之一。在他的側寫裡，我是他四四五個好友中的一個，而這些好友中，女人多過男人。這些人的照片我都見過，她們來自世界各地。恭喜這位親愛的柏林人收集到這麼一張可觀的名單，也非常感謝他的援助！

小男孩的父母正慈愛地撫觸他們病重的、被重重管線纏繞的兒子。

「我很清楚我無法逆轉一切，讓壞事變好。」卡拉展開雙臂環抱床邊的人，她思量著要用什麼語詞表達才對，「我很簡單地只想生活在現實裡，我要面對現實。在這個房間裡的，這些就是現實。」

我雙臂抱胸，站在她面前。

「在德國，大家都在自欺欺人。他們在自己周圍高高地築好一道牆，就覺得，好了，世界又太平了，但是，他們不過是在眼睛上糊石膏罷了。」

我深吸一口氣，呼氣的時候不禁雙唇顫抖。男孩的父母疑惑地盯著我。我真的必須要說：至少她在這裡，她想做一些事。

「這裡的病患也是愈來愈多嗎？」我問，「幾個禮拜前在阿迪斯，我們得用大卡車去運床來。」

「而那些人只是能夠抵達首都的人而已。」卡拉說。她看著窗外的夜色。「過去在阿法爾州，一年總是有三個雨季，一個較長的在六、七、八月，兩個較短的各在四月和十一月。」

「而現在只剩一個。」我說。我的國家我很清楚，不用她跟我解釋。「妳要怎麼應付因為地球暖化產生的氣候變化和飢荒這個災難？」

卡拉緩緩抬起肩膀，「我不知道。」

起碼她是誠實的。

之前那個醫生進來，察看螢幕。「妳拿到機器了嗎？」

「還沒，我會再試試。」卡拉回答。

醫生對卡拉俯身，輕聲說，「我真的需要這個房間。」

卡拉點頭，感覺上這些話語不過是從她身上再彈回去罷了。

「努拉在等。」他在她耳邊說。

外面有什麼在嗶嗶作響，醫生匆忙出去。

「誰是努拉？」我問。

「助產士，需要做剖腹，雙胞胎，很糟的胎位。心音聽起來情況不好，怎麼可能會好呢。」

一開始我沒有明白，然後我看著小男孩連接的所有這些儀器，我才恍然大悟。我們在手術室裡，而醫院裡只有這一間。這個房間急需被使用，以及在房間裡所有的配備和儀器。

「剖腹產之後還有一個女病人在等。」卡拉的眼睛沒有離開小男孩。「他的父母太晚送他來，他的肺炎已經非常嚴重。」

「在我原來的醫院裡，每三個營養不良的小孩中就有一個會得肺炎。」我說。

「只希望他們能比這個小男孩更早被送到醫院。」

男孩的父母背靠著牆，母親閉著眼睛流淚。他們身上的衣著很簡單，看起來自己也是營養不足，也許他們是這附近許多農村之一的農民。

一個身穿藍色工作服的女人靠近我們，她是努拉，助產士。「我們必須開始了。」「Okay。」卡拉沒有多說，她眼睛看著控制螢幕。不必有醫學訓練也可以看出來，螢幕上面的數字代表什麼。她走向小男孩的父母，然後看著我。我明白我該做什麼。

然後我說出沒有醫生會想對孩子的父母說的話，沒有翻譯願意翻譯的那些話語。

通往賓客大樓的路有二十公尺距離，足夠讓人從頭到腳都淋濕。大雨傾盆落在瀝青地面上，路上的坑坑洞洞變成水鄉澤國。夜間警衛對我微笑，他可能只大我一、兩歲。「Dehna Ederi!（晚安！）」他的聲音沉靜，對我說晚安。

我又想起柏林人。

儘管我不願意承認，但是我對他還有感覺。不是因為他是外國人，不是因為在阿迪斯跟這種類型的人約會是流行。我們整天熱烈地討論上帝和世界，夜裡我們還在互相傳送訊息繼續討論。我們所有的祕密都告訴了對方，真的，所有的祕密。

也許我會原諒他，如果他有理由就這麼飛回去，就這麼沒了消息。

當我終於躺在床上的時候，這個下雨的夜晚也沒有剩下多少時間了。長期這樣過活的話，我每天至少需要五個鐘頭的睡眠。這個我明天一定要跟卡拉講清楚。

柏林人現在在做什麼？他是夜貓子，也許他還在看書，看一部電影。或者他又在替某個機構撰寫下一個報導。

不想了！如果有一次能在他身邊醒來，該有多好！他在的時候，要是他整個晚上都不回家，當然也是無法想像的，我因為和他談戀愛，冒的風險已經夠大了。

我思念他，在床上翻來覆去，極不安穩。但是雨滴打在鐵皮上的韻律，漸漸把我送進了夢鄉。

2 安東

我轉換成夜視鏡，將雨滴抹去，黑暗的世界變成綠色的。眼前什麼都沒有，沒有鹿、沒有狐狸或者野豬。一切靜寂，整個樹林都在沉睡。我們在尋找的，也許蹲在地洞裡，或者在地上挖洞後覆蓋上潮濕的葉子，或者躺在空心的樹幹裡。在那裡面等待，等著不被發現，等著我和諾亞離開。

我將鏡頭拉近，觀察小丘上的牆，八公尺高的牆上布滿有刺鐵絲，連一條狗都無法從空隙裡鑽進去。我沒看見上面有人，而牆後面發生什麼事，我並不在乎。而牆後面所發生的，是波蘭同事的責任。

牆上的有刺鐵絲沒有被破壞，沒有被剪開或者被扯下來。牆面沒有梯子，沒有繩子。從這裡看去，一切正常。奇怪，為什麼警鈴會被觸動。

「沒事。」我說，將夜視儀器重新收好。我捲起迷彩外套濕掉的袖子，用還是乾的部分擦了把臉。我臉上都是雨和汗，眼睛因為汗水流進去，刺辣辣地痛起來。

我們背著裝備奔上山頭，只要是人都會汗流浹背的。幸好我有受過訓練，不然的話也會像諾亞一樣喘不過氣來，雖然他並不是文弱書生。

我們的越野車停在山谷下的河邊，這座山連四輪驅動車都上不來。摩托車裝在車上，但是如果現在使用摩托車，今天就會陷入泥濘，而且聲音這麼大，不就等於昭告天下，我們來了。

我們只在有人從樹林裡逃出來，才會在田野上或者公路上使用摩托車。而在那些地方出任務不過是支援而已，直到警察趕過來接手追捕。

諾亞仍然呼吸急促，耳機裡也沒有聲音，我打破沉默。

「假警報。」我停三秒，假裝好像在凝重地思考，「折返？」我建議。反正除此之外，我也不能多做什麼。指揮官決定一切，而我們除了史塔克指揮官，別人的命令都不能接受。

「別急，」他的聲音出現在我們耳邊。「換上熱成像相機！」

諾亞生氣地搖頭，捂住他的麥克風，在基地的史塔克現在只聽得到劈劈啪啪的聲響。「他端著咖啡坐在舒服乾燥的室內。」諾亞很不滿。「是我的話也不急。」我們相視一笑。

我在一個長滿青苔的樹幹上坐下，濕的，算了，反正也從頭到腳都濕透了。我們可能還需要在這裡耗上一段時間。

「年輕人，我這邊耳機只有嗤嗤聲的時候，我知道你們之中有一個人在嘴賤。」

我們的長官明察秋毫，呵！我打個呵欠，現在是午夜兩點。

二十分鐘以前在軍營裡警鈴大作，諾亞和我必須從被窩裡起來出任務。我們六人房裡的其他四個人乘機取笑我們。

「跟史美人有約會？吃早餐？」

「千萬別忘了帶傘，外面下雨！」

然後同僚們翻個身，繼續做他們的春秋大夢。

我們必須穿上冰冷的迷彩裝、黑色戰鬥靴。畢竟，今天是我們兩人輪值。

軍備庫的軍官一邊發裝備給我們，一邊扮演預報天氣的青蛙：「外面是可恨的鬼天氣哦！」

然後我坐上駕駛座，雨刷吱吱作響，我連五公尺前的路都看不到。諾亞眼睛盯著衛星導航，幫我指路。

城牆上的動作感應器測到的方位大約在B-2的路段，因此觸動了軍營裡的警鈴。

但是那裡一切正常。

我們到達C-3，基地於十分鐘之前在這裡偵測到手機訊號。史塔克馬上把這個新的情報傳送給諾亞。

所以他們還是從牆上的某處翻越到這邊來了，很明顯地，他們使用了某種新的技巧，不需要破壞鐵絲。離牆幾百公尺處，他們應該在那裡等接引的人。

也就是說，人在這裡，理論上。

去他媽的理論！

諾亞手上拿著折斷的樹枝在我身邊坐下，在地上挖洞。他對追蹤行動興趣缺缺，樹枝在泥濘的地上很快就沒頂了一半。

十分鐘是很長的時間，他們現在可能早就越過萬重山了。好吧，帶著裝得滿滿的行李或者旅行袋，可能跑不了這麼誇張的遠。但是，要在這種天氣下要憑痕跡追蹤，根本想都別想。

「怎麼樣？鑽到油礦了嗎？」我問諾亞，地面上的柱子幾乎看不到頭了。

史塔克當然也聽到我們的對話，他問，「你們看到什麼發熱的物體嗎？」他無法看到在野外的我們，「給我回報。」

諾亞甚至都還沒有把熱成像相機拿出來，我朝他點點頭。他把樹枝拔出來，扔進樹林裡。

他把裝備拿出來，先將感應器放直，然後讓它運轉。他對著兩、三棵樹幹粗大的樹逐漸往上，從肩膀高的枝椏開始掃描。那是可以供人往上爬的高度，但是掃描結果是沒有人爬上樹去。

諾亞再重新掃測一遍之後，搖了搖頭，「什麼都沒有。」

他重新撿起一根樹枝，坐回我身邊。他把樹枝插進地面之前，突然聽到轟的一聲巨響，我們兩人都嚇得縮脖子。響聲不是從樹林裡發出，而是在我們耳邊。當在基地的史塔克拍桌子瞪眼時，發出的就是這種聲音。

諾亞告訴過我這個祕密，平常一周四天他都坐在史塔克旁邊，所以他很清楚。在調度中心，諾亞一周必須出任務一次。所有內勤坐辦公室的，一周都必須出勤一次，「這樣我們才不會有人在電腦前生鏽了。」這是史塔克的格言。

我撿拾了一些樹枝，交給諾亞。

他笑了一下。

直到史塔克再次下令之前，我們還有一些時間，諾亞想做什麼模型就做吧。

我很慶幸，一周至少有一次可以跟諾亞同行，他是我最要好的朋友。

我們已經認識一輩子了，我們一起高中畢業。之後諾亞想繼承馬克祖克柏，另外還想發明一個新的谷歌。他就是這樣一個謙虛的人。

我不是科技宅，我想做的事是和人在一起，而不是跟電腦機器在一起。我甚至可能還會延長兵役，直到我找到想做的事。這裡賺的錢還不錯，我是說義務兵役之後還繼續做下去的話。

這是一份穩定的工作，而且國家另類黨在這方面保證一定不會小器。

史塔克還在沉默中，沙沙聲響大得驚人，不是基地傳來的，而是從我們這邊，從樹林裡傳來的。幾千的葉片互相摩擦，幾百的雨滴當頭澆下。

我抬起頭，張大嘴。我喜歡樹林，即使是暴雨中的樹林，即使空氣中有霉味。這些我都不在乎，唯一只有早起這件事，讓我抓狂。

諾亞也學我，仰起頭伸出舌頭去接雨水。除了雨水，這一夜可能也接不到其他的了，史塔克什麼時候才要接受現實。

我將雨水嚥下喉，水沒有很多。

諾亞用肩膀撞我一下，用頭指示我去看樹冠的高度。那裡有什麼東西在葉子後面動，相當高聳的那裡。

「有了！」我悄聲跟對講機說。我慢慢端起我的G36瞄準，千萬要冷靜。我拿的是衝鋒槍，樹上的人一定沒有。我從準星裡看出去，在十字的中心有什麼體積很大的東西在樹葉後面晃動。

怎麼能爬到那麼高的地方？上面的枝椏還承受得住嗎？熱成像相機裡什麼都沒有顯

示，至少兩分鐘前掃描的結果是這樣。我猜他們穿著隔熱裝，還帶著攀登裝備。

「這些人是好手，」我壓低聲音，「不是什麼粗鄙的入侵者。」

「你是說難民。」諾亞同樣壓低聲音。

諾亞又來了，不切實際的理想主義者。在我們這邊，用官方的說法，他們就叫做入侵者，哪裡來那些囉哩叭唆的詞。他們所做的事就是入侵，別的都不是。

我從鏡頭裡辨認不出什麼。

諾亞可以感覺，我變得多緊張。「是朋友，不是敵人。」我皺眉。

他微笑，他知道那上面是什麼。

什麼入侵者！

我現在也聽到熟悉的聲響了，我放下武器。

在這樣的風聲下，這個嗡嗡聲幾乎無法傳到我們這裡來。「媽的！我差點尿褲子。」

諾亞看著我，好像替我難過。他不需要這樣，又不是他的錯。是史塔克的錯，而他現在在大笑，笑得我耳朵發痛。

「我派了辛蒂過去。」

「辛蒂也起來了？早安，辛蒂。」諾亞輕聲說。辛蒂向來不跟任何人打招呼，沒有例外。

在基地裡，諾亞最要好的女朋友是辛蒂。諾亞在調度中心坐在史塔克身邊的時候，辛蒂的攝影機就成為諾亞的眼睛。

現在她在空中向下看著我們，另一個人控制著她的八片螺旋槳。

諾亞想離開，我知道。他不喜歡讓同事觀察，他比較喜歡自己操控無人機。

辛蒂不厭其煩地繞著樹冠，一圈又一圈。然後又飛近我們，雨水打在她的機身上。

我們成為群眾演員一般，這裡上演的是史塔克的電影，他是導演，辛蒂是主角。

「那裡怎麼了？」我問。

諾亞聳聳肩。

史塔克反正只有在他有興趣的時候，才會回答。

辛蒂在離我們二十公尺遠的地方迴旋。這半分鐘以來，她幾乎沒有移動，只是隨著風的強度調整波動。

「諾亞，」史塔克在他的麥克風裡大叫。

我們又再一次縮脖子。

我覺得史塔克這個人很不錯，他對自己在做什麼有把握，很公正，是一個好教官。

他也認真負責，只是除了自己誰都不信任。

「正面權威。」史塔克有一次這麼說，這句話是有意義的。但是，他大喊大叫的時候，實在令人無法消受。

「諾亞，熱成像相機是一堆爛鐵！」

我看著我的同伴，疑惑地攤開手掌。

諾亞抬了抬肩膀。

「我派增援過去。」史塔克說。

我相信我耳朵出錯了，「增……增援？」

「冷靜，不要慌！」

我跳起來，慌得一直繞圈。什麼冷靜，有可能嗎？我重新拿出夜視鏡，但是除了黑暗和樹林——潮濕的、泥濘的樹林之外，什麼都沒有。我往辛蒂的方向看去：她在幾株腐朽、互相交纏的樹幹上方幾公尺處盤旋。

我開始恐懼，而這一點都不好。我扣在扳機的食指在顫抖，但是這不僅僅是害怕，還有興奮。終於有行動了！

諾亞很清楚我，太清楚我了，有時候我是這麼想的。他把我的武器往下壓，我要反抗的時候，他用一隻手摀住我的麥克風，另一隻手摀住他的。

「不是他們死，就是我們活。」我說。

他明明知道我們在玩什麼遊戲，我可不想死。如果他們有武器怎麼辦？這叫作生存的本能，純粹生物性的。

「我們必須先發出警告。」諾亞鎮靜地說。

靠近腐朽的樹幹現在發出沙沙的聲音，枝椏斷裂。顯然辛蒂讓入侵者緊張了。他們一定也早就發現我們了。如果接引的人對得起人家付的錢，那他就知道，接下來會發生什麼。他們必須現在從藏身處分開逃散，有些人會成功，有些人則不會。如果他們繼續這麼藏著，我們會將他們全部抓獲。

「警告，警告……」我咒罵，「為什麼我要為了他們冒生命危險？」

「因為我們必須先發出警告，你知道的。」

諾亞當然是對的，我們所受的訓練的確是如此。我們必須給他們選擇，如果他們高舉雙手走出來，自願回去，那就最好，省了我們的麻煩。

儘管這一切如此，為什麼他們還要來德國？為什麼他們就是不能明白，德國已經人滿為患了！如果更多的入侵者進來，我們這邊很快就會變成像他們那邊一樣。誰都沒有好處，不是嗎？

諾亞和我尋找掩蔽，我們躺進泥地裡。他們很可能馬上會緊張起來，躺著比較容易瞄準。

「我們不是世界的社會救濟局。」我喃喃自語地抱怨。雖然是自言自語，但是我故意音量大到讓諾亞也聽見。對這一切我真是受夠了。

諾亞點頭安慰我，「好啦好啦。」

我們前面的樹叢開始有動作。

「發生什麼事？」史塔克問，雖然他透過辛蒂，看到的應該比我們多。

「馬上報告！再兩分半鐘，增援就到達。」

你還是小心你的咖啡不要冷掉就好了！我想。

諾亞和我往樹叢爬行，我們需要有視線接觸。

「先警告！聽到了嗎？」現在連史塔克也來這套。

我拒絕去看諾亞，他臉上那副「我早就跟你說過」的微笑，我現在可是一點都不想看到。

「想像拿了退休金後去度假。」他悄聲對我說。

一個月之前我們遇到五個退休的人，他們在找蘑菇。當他們聽到我們車子的聲音時，開始害怕，就躲了起來。這幾個老人可能以為波蘭人打過來了，或者這類的事情。他們幸好只是嚇到，沒什麼事發生。

管他那麼多，反正到時候在這裡做這個工作的，應該是機器人，它想都不想就會直接開火。這個機器人的執行程式也許還是諾亞寫的，不管他願意或者不願意。

「先警告！」諾亞說。

這是我的任務，我知道。

我深吸一口氣，（註：用英語）大喊：「你們在德國是非法的。」

遠方傳來直升機達達的震動聲，增援來了！

「手舉起來！出來！我們會將你們送回去！」

回去的意思是指回波蘭。波蘭再將這些入侵者帶到東邊的圍牆裡。波蘭人早在匈牙利和我們將邊界鞏固起來之前，就砌好了圍牆。

這些細節我無法跟入侵者一一解釋。光是警告他們，就得使用三種語言，這些句子我們必須練到能夠倒背如流。

「你們在德國……」直升機這時已經非常迫近，隨便我喊什麼阿拉伯語都沒人能聽得見。

這些人也開始跑離他們藏匿的地方，起碼有二十人之多。諾亞的熱成像相機真的是破銅爛鐵。所有的人都朝同一個方向跑，所有的人都集中在一起。沒有人散開，真是不幸。付給接引的人的錢真的是省不得！

「任務現在交給直升機小組。」史塔克說。

他的電影還在上映，兩盞探照燈尾隨入侵者，六個同僚從直升機上順著繩索下來，進入樹林。

「你們兩個現在去找其他人。」史塔克喊道。

我轉頭看諾亞，他指指腐朽的樹林那邊。辛蒂仍然盤旋在那幾棵樹頭上，也許這個接引的人沒有我想的那麼笨。

圍牆內狗叫聲傳來。可不是嗎？直升機的聲音，波蘭人當然也聽到了。誰知道圍牆另一邊的樹林裡，是不是還有人潛伏著？

辛蒂掉頭，往直升機的方向飛去。

「那邊好像比想像中的複雜。」諾亞說。

我們往我們的目標匍匐前進，入侵者應該剩下不多了吧。

我試著再說一次：「Hidschratak ila Almania...（你們在德國……）」

「Femije（孩子）！」那個人大叫。

「他說什麼？」

諾亞搖頭，「不知道。」

「English（英語）？」我試著問。

「Femije（孩子）！」

「Ruski（俄文）？」
「Jo,jo. Femije（孩子）！」
「Femije，Femije的，什麼鬼啦？」我大叫。
「Arabi（阿拉伯語）？」諾亞試著說道。
「Femije（孩子）！」
「Femije（孩子）？」我叫回去。什麼意思？
「所有小組，射擊！」史塔克說。
那邊局勢惡化了。
「Femije（孩子）！」
我聽見槍聲，是我們的人嗎？
我們這邊也有動靜，一個影子跳出來，躲到矮灌木叢後。我的子彈只差幾公分，就射中了。被射中的大樹樹皮迸裂，四散空中。入侵者躲進一個樹幹後，樹身無法遮蔽他的全身，他的下臂暴露在我準星的十字範圍內，而且還是正中間。
「噓……」諾亞說。
他又怎麼了？我朝他看過去，他正對著腐朽的樹那邊瘋狂地揮手。一共有五個人站在那邊，他們的手高高舉著。Femije—無論這是哪一國的語言，我現在都了解是什麼意思了。五人中的四個人還不到我的腰高。Femije的意思是孩子。

我現在該用什麼語言繼續?我怎麼告訴他們遣返的程序?

「Femije(孩子)」!媽的!

我望一望躲在樹後的那個人,現在怎麼辦?

諾亞突然開槍了,不過,說開槍是錯誤的表達,他在掃射,好像在玩第一人稱射擊一般狂掃。枝椏與葉片紛紛掉落,一塊木片打到我的頭盔。

我伸手護住臉,從指縫中看著諾亞把槍丟到泥地上,再把我的槍從我的肩上扯下,繼續掃射。

空彈匣散落,他重新上膛,直到把子彈用完。我再次睜開眼睛的時候,我的槍已在冒煙。

「發生什麼事了!」史塔克喊。

諾亞和我不發一言。我不知道發生什麼事,除了一點:無論我現在開口說出什麼話,史塔克都聽得到。如果我說實話,諾亞就得上法庭。如果我什麼都不說,史塔克會更疑心。我還是先說句無論如何不會錯的話:「射擊指令完成。」

「你們當我是傻瓜嗎?」史塔克咆哮,「以為我沒聽到掃射聲嗎?我耳朵都聾了!給我報告!」

諾亞不回答，他在我旁邊跪著流淚。

「你們抓到幾個？」史塔克問。

我望著諾亞，幫他擦眼淚。

他握在手中的武器還指著天，我們頭頂上的樹冠開了一個大洞，樹葉遮蔽沒了，我看見彩虹。

「報告長官，我們一個都沒有抓到。」我回答。

「一個都沒有抓到？」

「一個都沒有抓到。」

我一下子也想不到要說什麼，突然靈光一閃。「他們跑得比鹿還快。」

3 法娜

動物的骨骸躺在像石頭一樣硬的地上，牠們頭上的角，有些我還能夠辨識，其他的部位就不行了。這輛巴士開得飛快，再過幾百公尺，又有一頭死牛在腐爛，數牠們有多少，似乎沒有什麼意義。卡拉坐在我旁邊，她正在把相機拿出來。

她是要拍照嗎？幾個月前在阿法爾的醫院裡，這場飢荒災難不是早就人盡皆知。

我是雨季的時候到達醫院的，而這個雨季非同一般。「從沒見過這麼多的雨，」一個病人告訴我，他叫穆斯達法，他失去了所有的牲口。大雨將他村子裡乾涸的小溪變成洶湧的大河，兩公尺高夾雜污泥的巨浪淹沒一切。而乾得像石頭一樣的土壤沒有辦法吸水，大水繼續流淌遠離，帶走了他的牛和羊。

在阿法爾如果人們沒了他們的牲畜，就無法維持生計，牲口是他們的一切。

穆斯達法鄰村的親戚想辦法弄到一台車子，將他和他的家人載到醫院來。他來的時候，只剩四十公斤。根據登記文件，他的實際年齡是三十八，但是看起來像六十歲。

我們能夠幫助穆斯達法和他的家人，但是也只有暫時。等到他們健康恢復得差不多了，就必須離開醫院。醫院早就不是正規的醫院，它變成了收容所。「妳還記得穆斯達法嗎？」我問卡拉。

她原本看著窗外，轉頭看我。「穆斯達法？那個腿截肢的？」

「不是。」

「那個敗血病患？」

「算了，沒事。」

「妳到底說哪個？」

「沒關係了。」

「是那個有肺結核的少年嗎？他是叫穆斯達法，不是嗎？」

「真的沒事啦。」

「我們有過五十個穆斯達法。」

「真的沒關係，我剛剛不是說了。」

「為什麼現在又沒關係了？」

我們兩個現在脾氣都很大，這也難怪，我們一天起碼工作十八個小時。候診室裡總是大排長龍，還有一部分病人，我們甚至得讓他們住到別的地方去。

我在賓客大樓的房間現在有十八個人睡在那裡，我則搬到一個女醫生的家裡，跟五個同事一起。然後主任醫師心臟病發以後，現在他的辦公室裡有四個病人。

「妳在阿迪斯有什麼計畫？」

卡拉不假思索，脫口就說：「睡覺。」

我大笑，卡拉微笑，我們之間的氣氛好轉了些。

「在哪睡？」

「我在那裡有一套公寓。也許我還會跟一個同事見面。」

「妳有朋友？」

我說這句話時語氣像：妳會飛哦？但是我察覺的時候，已經太晚了。

「不是朋友，是同事。」

一個同事，當然，不用想也知道，卡拉和她的祕密。她從來不談論私人的事，我既不知道她有沒有孩子，也不知道她是不是從沒結過婚，或者已經結過五次婚。

但是我也不會告訴她關於我的柏林人，有什麼好說的？說我想念他的幽默、他說的話、他的觸摸？告訴她我有多麼的失望和憤怒，因為他音訊全無？柏林與阿迪斯之間相隔五千公里。如果我向卡拉傾訴這一切，她會覺得我超級天真，就像我認為柏林人和他熱心援助的特點是超級天真一樣。

這些都無所謂，總而言之我和卡拉之前連能夠聊天的時間都沒有，而現在我們一起坐在巴士裡，時間多得超乎想像。

「這個朋友……呃，這個同事，他是大使館那位人很好的先生嗎？」

「史密德勒博士？」她把鏡頭細心地用手巾包好，好像那是精緻的瓷器似的。「不是，他早就回德國了。」

「他好嗎？」

「他失業了。」卡拉將鏡頭再次從包巾裡拿出來，仔細地看。「國家不需要外交官了。」

「那需要什麼？」

「軍人。德國只需要軍人。」

我們沉默下來，好轉的氣氛不復存在。

卡拉一點都不誇張，頭條新聞我也都看了。國家另類黨自從執政以來，就在擴建軍隊，增強警力。他們贏得大選之後不久，就退出歐洲共同體。退出歐盟的行動從英國開始，其他國家也紛紛跟進。

現在所有的國家都在建置軍備武裝，國家另類黨想要跟俄國建立新聯盟，而歐洲貨幣，也就是歐元，它在德國，或者其他各國，都已經成為歷史。

這麼多國家統一使用一種貨幣，我覺得非常了不起，真的是太方便了。在衣索比亞我們這邊，我們用比爾，在蘇丹用蘇丹鎊，在厄利垂亞使用厄利垂亞奈克法，在索馬利亞則用索馬利亞先令……

「妳和尚呂講過話嗎？」卡拉問。

這個法國人是無國界醫生團隊的一員，他們一周前抵達，從機場帶來滿滿一卡車的藥和儀器。

當卡拉打開一台新型超音波儀器時，樂得眉開眼笑，好久都沒見過她這麼開心了。感謝這些來自法國、巴西和印度的同事們，我們有了三天假。他們接替我們的輪班，我們可以有三天免於混亂。

「尚呂？」我不知道卡拉想問什麼。

「他相信，歐洲戰爭快要爆發了。」

「妳也覺得嗎？」

「不，我不再這麼想了。」卡拉說，「德國人很快就會察覺，挑起戰事有多麼昂貴。每次選舉，政黨競選時所給出的承諾根本是天價，他們不可能當選後能兌現的。國家另類黨最終只能下台一鞠躬，結束一切，新選出的執政黨重新開始。」

原來對卡拉來說，一切是這麼的簡單。

「那妳馬上就可以回去了。」

她頭靠著窗戶，試著找到一個舒服的姿勢。但是在顛簸的巴士上，根本是徒勞。

「我現在只想要一張真正的床。」

巴士到站，薩米娜正在等我。她一上來就圍住我的脖子，然後提了我的行李就拉著我要上一輛共乘計程車。

在人潮中我奮力辨認卡拉，她從後門下車，而我則由前門。「等一下，等一下，我還要跟卡拉說再……」

但是卡拉的人影已經不見，她走了，好像從來沒有存在過。

我猜，當她有一天離開衣索比亞的時候，應該也跟現在一樣，不說再見，不帶走一片雲彩，猶如我的柏林人。

一開始的時候，他從德國一星期給我打三次電話。我跟他講醫院的事情，他告訴我他的學業如何如何。他問薩米娜好不好，我問他的朋友們近況如何，雖然我只是從他口中認識這些朋友的名字，並不認識他們的人。我們有這麼多話要向對方傾訴。

漸漸地就變成一周一次，「很忙，我在找工作。」他必須「重新規劃」他的學業，因為執政的國家另類黨將援助發展中國家的補助金，從國家預算中刪除了。而原本幾個小時手機上就有訊息出現的熱絡情況被取代，而今只剩下幾天才一次。就這樣……

薩米娜繼續把我往計程車招呼站拉，我們穿過一個又一個的攤販行走，我緊緊地擁著她。

直到我們坐進車裡，她把太陽眼鏡拿下來的時候，我才看到她的眼淚。

「妳怎麼了？發生什麼事了？」

薩米娜搖搖頭。

整趟去日內瓦咖啡館的路上，她都在哭，而且我們還碰上塞車。我一直安慰她，撫摸她的背，有半個小時之久，我們的計程車被困在一輛生鏽的日本豐田和一輛至少五百年車齡的俄製拉達車之間。這些車裡面至少都塞了六個人，無法動彈了這麼長時間，卻沒有一個司機把引擎關掉。

薩米娜終於不哭了。

我拿出手帕幫她把臉上的淚痕抹去，「怎麼了？」

我們周圍老舊的汽車氣喘吁吁地爬坡，灰藍的廢氣排進我們的呼吸道裡。應該有窗戶搖手的地方是一個空洞，我們坐在駕駛座旁，起碼沒人奇怪地瞪著我們看。

「拜託，妳倒是說啊……」

「我……我……」除了重複「我、我、我」之外，她說不出其他的字。

我的耐心快沒了，雖然我不應該這樣，我知道。但是和薩米娜共度假期，我的預期不是這樣的。就算我在卡拉身邊不是一個好的醫生助理，現在我也必須硬著頭皮充當一下薩米娜的心理醫生。

我在手提袋裡翻出口香糖，遞給薩米娜，自己也吃一片，然後看著擋風玻璃。司機幾乎把它都貼滿了，他還看得到路真是奇蹟。瑪麗亞、耶穌、耶穌和瑪麗亞暨約瑟夫在一起、耶穌獨照、聖喬治正在屠龍，又是耶穌，滿布的貼圖，我數到二十四了，其中最大的圖是玻璃正中間的十字架。

以前我也戴著十字架，是一條項鍊，我父親堅持一定要我戴。他相信人家傳說的：戴著十字架的人魔鬼不敢近身。

我們的司機非常緊急地全力踩下煞車，因眼前一個老人推著裝滿甘蔗的獨輪車橫越馬路，還有兩個女人，年紀不比我大，撐著有紅點點和綠點點的傘跟在他身後。

日內瓦咖啡館門前坐著擦鞋的人，他和他的海綿與瓶瓶罐罐的鞋油一起在等待客人光顧，他自己卻光著腳。他身邊一個光著身子的乞丐躺在破布上。柏林人對這些貧窮景象感到震驚，但對我而言，卻再日常不過。而且自從飢荒開始，這類景象便愈來愈多。

我們落坐在咖啡館的深處，我點了兩杯咖啡。

薩米娜既沒有碰她的咖啡，也沒有說一句話。好吧，那就由我來打破這令人坐立難安的沉默。

「穆斯達法幾乎餓死，他的太太和小孩都是。他們的房子毀了，飼養的牲口也都死了。」

薩米娜再次哽咽了一下，雖然如此，她總算開始輕輕吸吮她的咖啡。她顯然還不能夠，或者不想說話，我索性繼續說下去。

「重症病房的雙胞胎挺過來了，紅血球太少。」

薩米娜瞪大眼睛看我。

「紅血球的意思是紅色的血細胞。」我一口喝乾我的咖啡。「妳知道我最生氣的是什麼？我們有四個星期那麼長的時間沒有麻醉劑。四個星期都沒辦法施行手術，箱子被扣在海關，那些是給窮人的免費醫藥，而我們的國家卻慢條斯理地在考慮，要收人家多少關稅。即使是捐贈的，國家還是要在上頭賺錢！」我稍微停一下，給薩米娜插話的機會，也許她想說什麼。

她沒有開口，又輪到我了。

「然後我們的警察在做什麼？不去追查逮捕那些腐敗貪汙的政客，反而鎮壓、傷害抗議政府的人。」

薩米娜的眼神穿過我飄到遠方。

「卡拉說，國家如果是富人在治理，窮人就必須付出代價。」

她撫摸我的臉，幸好她還有反應。然後她清清嗓子，她的聲音有點沙啞無力。「歡迎妳來參加我的婚禮。」

基本上我對應什麼都有一套話，但是現在我啞口無言。

怎麼可能？我感覺到喉嚨裡有一個硬結，將薩米娜抱入懷裡。我當然知道她的父母在幫她找婆家。他們覺得，她十八歲就成熟可以嫁人了。但是直到剛剛我還認為，他們最終還是會接受女兒說不，然後讓她自己選擇。而現在，婚禮要舉行了。

「男方是誰？」

薩米娜搖頭。

「妳有他的照片嗎？」

她搖手。

「他幾歲？」

她低頭看桌面。

「妳和妳媽媽不是很親密嗎？她怎麼說？」

「她只說，她和我父親當初也是結婚後才認識的。」

「然後？」

「然後才有兩個姊妹和我這麼棒的孩子出生。」

我從未離家這麼久。在這之前，離家最久的一次，是在城市另一端的一個表姊家住三天。

母親把我緊緊地抱在懷裡，兩張小沙發之間的桌上食物擺得滿滿的。她又煮又烤，分量足足可供一個班級的人吃。她怎麼會有錢買這些奢侈的食材？只是為了歡迎我回家？我感到良心不安，罪惡感直湧上來。現在飢荒到處都是，而等著我的，是這麼盛大的筵席。

桌上碗裡有薑、紅蘿蔔、番茄、紅色扁豆做的泥。空氣裡都是Doro Wot—番茄、洋蔥、辣椒燉雞的香氣，此外還有牛肉。有些菜餚在我們家是第一次出現。

唯一的問題：我不餓，我就是累了。

「發生什麼事了？」母親問。她很能看透我，即使我已經稍微平靜下來了。

我在豐盛的食物前坐下。我撕下一片因傑拉薄餅去沾肉汁，「薩米娜要結婚了。」我一邊咀嚼，一邊說。

父親站過來，「別擔心，妳的婆家我們還沒有找到。」他對我微笑，想開開玩笑輕鬆一下，但是這一點也不好笑。

我們家的傳統中，父母之命的婚姻早就不存在了。我的父母並不會命令我去嫁給誰，而且在阿迪斯，奉父母之命的婚姻也已經是特例，只能說薩米娜很倒楣，生長在這樣的家庭裡。

「我該結婚了嗎？」我問。

「妳又沒有時間照顧丈夫。」父親說。他喝乾他杯中的啤酒，重新再斟滿。

當我母親在餐後收拾餐桌的時候，她輕輕咳一下。「薪水領到了嗎？」她的聲音微弱到我幾乎聽不見。牆壁很薄，鄰居和我們緊貼在一起，所有的人都很好奇。

我領到薪水了嗎？起碼她等到吃過了飯，才將這個問題提出來。我想說沒有，因為我有預感，接下來會發生什麼事。「為什麼問？」我問。

「妳媽問妳話。」父親的音量太大了，酒精對他的影響不好。「說啊，錢領到了嗎？」母親低頭看著地上。

「你們需要多少？」

「全部。」父親毫不遲疑地回答。

母親跟我解釋：飢荒是一切的罪魁禍首。當然是，不然呢？蔬菜水果，還有米糧，什麼都變得非常貴。貧窮愈來愈嚴重，大家都必須節省。在阿迪斯阿巴斯很多公司都遇到困難，再沒有商務客人的生意，飯店必須裁員。然後她吞吞吐吐地終於說：「妳爸爸失業了。」

「飯店連夜間警衛都請不起？」我問。我不知道父親做了什麼事讓他失去工作，也不想知道。但是飯店請不起夜間警衛簡直是笑話，夜間警衛的薪水是所有雇員中最低的。「這錢是我將來念書要用的。」

「我知道，」母親說，「等時局比較好轉以後……」

是啊，等時局比較好轉以後！如果時局不好轉呢？那我不知道什麼時候就變成一個老女人，沒有工作的老女人。然後我只能坐在這個簡陋的小屋裡，跟我的孩子伸手要錢，像我母親一樣。

「你們真的需要全部嗎？我還想要——」

「住嘴！」父親用不應該的大音量說，還拍了放著啤酒的桌子。「不是只有妳才重要。」

我不禁想起那個柏林人！他的父母不僅在經濟上支持他的學業，他在衣索比亞的海外探險，他的父母也照單全埋，因為他實習所賺的錢，當然不夠塞牙縫。他早就已經是成人，而父母仍然負擔他的生活，一直在送錢給他。我呢？我則要負擔我父母的生活，因為他們再也找不到工作。

我當然知道這是我的義務，在這裡大家都是這樣的。但是這裡不是全世界，在世界上也有其他地方，在那些地方我有權利建立自己的生活。

我做一個深呼吸。不論我有多麼憤怒，他們仍然是我的父母，而我根本沒有選擇的餘地，至少在衣索比亞這裡沒有。談話結束。

我和母親一起洗碗，誰都沒有說話，父親出門去了。我開始因為發怒而有罪惡感，他們雖然這麼貧窮，還是給我買了這麼多好吃的。「妳真的不需要煮這麼多的。」

母親用海綿刷洗餐具，同一個碗在她手中已經超過三分鐘。怎麼回事？我望著裝盛剩菜的大盤子。

薄餅的味道和平常吃起來不一樣，而且我們幾乎不煮肉，更不用說雞肉和牛肉一起了。我終於開竅：她根本沒有煮。

我抱著母親，「誰給的？」我問。

「莎拉。」

莎拉是住在我們這個街區，是母親最要好的朋友。

「慶祝什麼嗎？」

「她的父親過世了。」

原來我們吃的是一個葬禮剩下的食物，不知怎麼地，跟今天的氛圍異常相配。

三天後，巴士上幾乎是空的。除了兩個別無選擇的人，沒有人要回去。這兩個人，一個要拯救世界，一個要拯救父母，我們真是超級英雄。

我對卡拉說「哈囉」，但是她的頭靠著窗玻璃在睡覺。整個景象看起來像她當時沒有下車，像她在巴士上一直睡著過了這幾天。

我在她身邊入座，驚醒了她。「怎麼樣？妳的同事好嗎？」

她把頭髮束成馬尾，我還沒有見過誰像她一樣，一天中反反覆覆地束馬尾。

「還是很累嗎？」

「累得跟狗一樣。」

如果我跟她敘述我的混亂，也許她就不累了。我最要好的女性朋友奉父母之命，必須違背自己的意願嫁給不認識的人，而我昨天撤回大學入學申請，因為現在得要拿學費養父母以及支付父親的啤酒錢。

我的策略果然奏效，卡拉坐直身體，「聽起來妳度過了一個很成功的假期。」

我遞過一塊麵包給她，母親一早起來烤的。「我媽烤給老闆史密德勒醫生的，要向他問好，請他繼續照顧女兒。」

巴士上人還是愈來愈多，但是仍然沒有要出發的跡象。車頂上爆發一場爭執，我只有斷斷續續聽到一點。顯然車頂上有太多的行李，而其中一個他們無法好好固定，因此在我們頭上聽到踩來踩去的聲音。

對這一切，卡拉都不在意，她狼吞虎嚥地吃著麵包，顯然她沒有吃早餐的時間。她用衣襟去擦嘴，好像還沒有長大的小女孩。然後她忽然嚴肅地看著我，「妳必須離開這裡。」

我想笑，但是臉上的肌肉不聽我的話，扭曲成一團。

「妳必須向外移民。」她說。

「像妳一樣？」

「我是認真的。妳要去讀醫學。讀書的同時，妳必須養活父母。妳在這裡領的錢，是不可能辦到的。飢荒只會愈來愈糟，再過不久，經濟就會完全崩潰，妳的家庭也會陷入飢餓的狀況。」

巴士開動，在這期間，乘客也滿了。

「妳必須跟妳的父母有些距離，妳要有自己的生活，一個不會把妳生吞活剝的生活，一個不需害怕飢荒的生活。在這裡妳最終只會沒頂。妳必須要能實現自己的理想。」

「我要移民去哪裡？」

卡拉毫不猶豫，「當然是德國。」

我真的笑了，「妳是德國人移民過來這裡，我一個衣索比亞人該移民去德國？這真是絕妙的主意。」

「不，妳不以衣索比亞人的身分移民，」卡拉從背袋裡拿出水壺，倒出兩杯。「而是以厄利垂亞人的身分。」

我一頭霧水。

她遞給我冒著水氣的杯子，聞起來像薄荷茶。「如果以衣索比亞人的身分移民，妳不會有機會。飢荒不是成為難民的理由，路有餓死骨是沒辦法的事。」

「在厄利垂亞一樣有飢荒。」

「對，但是不只是飢荒，在厄利垂亞還有獨裁當權。」

「如果我因為獨裁快要餓死，比單純只是快要餓死更值得救？」

卡拉點頭。

「只有快要餓死還不夠？」

「不夠。」

「好——吧。」我慢慢理解了。

「歡迎進入歐洲碉堡，」卡拉在胸前畫十字，自從我認識她以來，我第一次看到。

「神愛世人的基督碉堡。」

車行三個小時之後，停下來休息。卡拉和我跟攤販買了香蕉。我們並肩站著，沉默地吃著，呼吸新鮮的空氣。

只要一離開阿迪斯，馬上可以察覺空氣品質的不同。雖然阿迪斯這個城市海拔有兩千公尺，經常還是只聞得到汽車的廢氣。高原的空氣有多健康云云，根本沒那回事。

巴士司機按喇叭示意，我們重新上車。

「我的膚色怎麼辦？」

「妳不是德國唯一的黑人。」

「這我當然知道，但是，這不危險——」

「不會比那些國家另類黨定義下不允許生活在德國的人更危險。」

如果她這句話是想安慰我的話，那真的是幫倒忙。

她往後靠。「幾天前我跟塔法利談過。」

「塔法利是誰？一個同事？」

「他在厄利垂亞邊界的一個難民營工作。」

「他說什麼？」

「我們兩個都相信，這次飢荒會比八〇年代那次更嚴重，嚴重得更多，因為全球暖化的氣候變遷，讓一切不可收拾。」

「所以呢？」

「我跟他提到妳，說妳想離開這裡。」

嗯，有趣，卡拉顯然非常清楚，我必須有所改變。而且，在她還不知道我過去幾天的遭遇之前，她就知道了。但是，這也沒什麼好奇怪的，衣索比亞青年哪個不是像我一樣生存在夾縫中？除非父親是執政政客、政府高幹，或者藉由別的途徑致富。

「塔法利對厄利垂亞的難民很清楚，很多人想從難民營繼續去別的地方，去歐洲，有些想去德國。」

「為什麼？」

「因為德國還沒有開始驅逐厄利垂亞人。」卡拉說。

「還沒有？真是好消息！」

「情況會逐漸惡化，德國憲法遲早會修改。改了以後，連政治難民也不會被收容。」

「改寫需要多長時間？」

她重新將薄荷茶斟滿我們空了的茶杯。「我們沒有多少時間了。」

「我們？」

「逃難的錢我借妳。」

「我怎麼還得了？」

「等妳成為成功的醫生之後，我們再討論。」

這一切對我來說，都發生得太快。「我在阿法爾才剛剛熟悉了我們的工作。」

「我知道，而且妳做得很好。」卡拉休息一下，再次斟滿自己的茶杯。「但是待在阿法爾妳沒有未來。」

我眼前浮現人滿為患的病房，飢餓的軀體，我們很多時候甚至連讓工作人員有飯吃都有困難。

「飢荒馬上就到阿迪斯了。」

「所以我就應該丟下我的家人、朋友，一個人逃走？」

「沒有人會因為妳留下而過得比較好，妳到了德國後，能給他們更大的幫助。」她想住口休息。「不要浪費妳的生命，妳只有這一輩子。」

真是至理名言啊！但是，去德國的路難道是健康步道嗎？逃難不但昂貴，而且還有生命危險。卡拉也許可以借我錢，但是她有第二條命可以給我嗎？

卡拉看著我在遲疑，她也知道我為什麼遲疑。「塔法利會幫妳找到同行的夥伴，妳不用自己一個人上路。」

4 安東

「我不想冒險，」諾亞說著，轉頭看我。

我也想不出更好的謊言。

史塔克坐在桌子的另一面，我們中間的桌面上停著一輛手掌大、橄欖綠的獵豹二型坦克車模型，一個塑膠做的小兵從坦克艙門裡看著我們。

史塔克緊抿雙唇，似乎慢動作般地點頭，看起來好像在說，說得好，不想冒險，所以朝森林裡亂掃一頓，射光三個彈匣，還一個入侵者都沒傷到。史塔克用原子筆在一本冊子上做筆記。審訊問題還沒有結束，「熱成像相機完全故障，怎麼發生的？」

「我可以……」

「不行！」史塔克對我咆哮。「神射手對準你了！」

諾亞深吸一口氣，吸氣的聲音我都聽到了。「山上到處濕濕的，到處都是爛泥，我滑了一跤，那裡有很大的石頭，然後……」

史塔克停下手上的動作，不記了。

諾亞也察覺，開始結巴，「……然後，然後……相機就……」諾亞伸手緊抓坦克，上上下下滑動。「……相機……然後……很顯然就……」

史塔克撕下做了筆記的那一頁，揉成一團，然後往角落丟，紙團落地時，離字紙簍有兩公尺遠。「退下！」

諾亞和我面面相覷。

「出去！」

我們遵從命令，很高興可以離開史塔克的辦公室。

「謝謝！」諾亞對我說。

我沒回答，現在我真的有點受夠他了。

他在林子裡把熱成像相機摔在一塊大石上，而且是在回程的時候，我們坐上越野吉普車之前。也就是說，他有偵察到異樣。在熱成像相機裡，應該紅得快燒起來了，整個村莊的人都在林子裡藏著！但是他不論是對我或對史塔克、諾亞都沒有說。

對這整件事我不感到驕傲，我們對上級說了謊，我們讓入侵者入侵，就因為諾亞一時當機，當的還是死機！

我希望這件事到此為止，不會有後續。是時候了，他的兵役期得趕快結束。

「孩子……，他們大叫孩子（Femije），你記得嗎？」諾亞問。走道上他靠著牆，「他們有四個小孩。」

營裡空空蕩蕩，二百個軍人駐紮的地方，一個人影都沒有。

「好吧，他們身邊是有小孩，然後呢？」我問。

諾亞不發一語。

「小孩看起來是很可愛，但是我們不能被外表欺騙。他們不屬於這裡，不屬於我們。他們說的是另一種語言，來自另一個文化。就這樣，沒什麼好說的。」

諾亞瞪著地上，看來我得換個方式跟他說。

「敘利亞人，比如說。大部分從敘利亞逃來的人都是青年男子，他們應該是很好的士兵，為什麼他們要逃？為什麼他們要背叛自己的同胞？敘利亞人有自己的敘利亞國啊！他們不是應該要捍衛他們的家鄉？」

「你會打仗嗎？如果你的敵人有雷射控制的超級武器，而你手裡握的是三十年那麼老舊的卡拉什尼科夫步槍？」

「武器我們可以給他們，如果必要的話。」

諾亞看著我，起碼他肯看我了。「也許他們只是不想打，你明白嗎？也許他們根本覺得這完全沒有意義。」他停頓一下，望著空蕩的走廊，「像我一樣。」

我並不覺得意外，而且我剛剛發覺，為什麼這裡這麼安靜。「我們遲到了！」我指著走廊另一端的教室說。

「遲到？要去哪裡？」

「政治教育啊，忘了嗎？今天是週五。」

「哦，天哪，今天的麻煩還不夠嗎！」

我們走進教室，整隊人都盯著我們看。布魯門坎帕，我們的老師，他展開雙臂歡迎我們，「兩個自願者！太好了。」

拜託，不要啊！我知道接下來會發生什麼事。布魯門坎帕最喜歡演戲，他用戲劇來展現政治，不管課程描述裡是不是這麼寫的。

他應該也是因為這樣，所以才沒能在學校裡找到職位。他被送到沒有老師會自願來教學的地方，誰會有興趣來教服兵役的大兵關於政治的知識？只有到處都碰壁的人，才會在這裡上課。

諾亞和我在硬木椅子上坐了下來。也許布魯門坎帕會改變主意，大發善心饒了我們兩個。

但是他沒有！

「諾亞，你演阿圖羅兀以，安東，你演綠色物品交易者？」
「綠色物品交易者？」
「賣菜的！」布魯門坎帕拉大嗓門，這個他很厲害。所有的人都怪聲怪氣地喝采，除了我和安東。
「接下來分配其他的角色。」
沒有人敢再笑。
兩分鐘之後，在場所有的人都分到其他的名字。弗列克、布逑爾，有一個還叫老什麼的，我無法一一記住。
布魯門坎帕在每個人桌上砸下一疊厚厚的紙，我還來不及看完一行，他就站到一張椅子上。一開始的時候看起來是很滑稽，但是現在我已經習慣了。
他為我們要演的戲開場：「各位觀眾們，我們今天要帶來的，是『史上最傑出的黑幫電影』！」
一些同僚笑鬧了起來。
「後面的，安靜！」布魯門坎帕大聲制止。
教室裡安靜下來，每個人只在輪到自己的台詞時，才出聲音。一共一個半小時，有些情節布魯門坎帕已事先刪除了，要不然還不止。

故事情節是有關芝加哥的黑幫份子，尤其是諾亞，也就是他扮演的阿圖羅兀以，他用盡伎倆，假仁假義，又謀殺又欺騙，直到成為至尊。諾亞念完最後一句台詞後，布魯門坎帕又重新站到椅子上，他是我們之中唯一一個對這個劇本熟稔的人。「你們學到如何看見，而不是視而不見，起而行勝於高談闊論。像這些發生的事幾乎一度要統治世界……」

門開了。

史塔克踏進教室，他身後跟著一個大約是布魯門坎帕年紀的人，也就是說快五十歲了，灰色外套、皮製的袋子夾在腋下。兩個人在布魯門坎帕站著的椅子前面直挺挺的，像蠟燭一樣站住。

「布魯門坎帕先生，」史塔克說，「請跟我們……」

「所有的民族成為他的主宰，然而……」

「布魯門坎帕先生，請你……」

「……但是凱旋不要太早……」

「請您馬上跟我走。」

「……從中而生的孕育之處仍然肥沃！」布魯門坎帕從椅子上跳下來，轟然一聲，他起碼有一百公斤重。現在他站在史塔克面前，比他足足高了一個頭。

布魯門坎帕無言地收拾好他的東西，然後對班上鞠一個躬，離開。

史塔克看都不看他，直接對我們說：「布魯門坎帕先生因為健康的原因，不能繼續教下去，我們深感遺憾，但是你們自己也看到了他行止奇怪的狀況。」

我們沒有人回答什麼，即使諾亞也很例外的沒有意見。

史塔克退出教室。

「早安，各位同學。」新老師跟我們打招呼。他說了兩、三個句子介紹自己，然後好像什麼事都沒發生過，繼續上課。「感謝國家另類黨，我們的課程終於可以大翻身。」他打開他的筆記型電腦，將它連上投影機，將一張圖片投到牆上。圖上是一座大門，門上面的標題是「勞動帶來自由」。

「天哪，不要吧！」我說，其實是跟諾亞說的，但是新老師聽到了。

「您說什麼？」我還是保持沉默比較好。

「您剛剛說了什麼？」

「我……我……我是……我在想……」

「同學，您在想，又來了。您的反應是對的！從小學入學開始，這個議題就不斷出現，猶太大屠殺、猶太大屠殺、猶太大屠殺。」

新老師把我心裡的話都說出來了。

「就是因為如此，現在有新的課程內容，所有的學校都是。我們——兵役教育也不例外，我們終於可以從正面的觀點來講德國歷史了，也就是打造身分的事件，讓我們能夠以身為德國人而驕傲的事件。」

新老師一定有看見坐在第一排的林努思在打瞌睡，新的課程內容也不多麼有趣。他站在林努思面前，然後讓書從肩膀的高度掉落到桌上。

林努思先是縮成一團，然後嚇得跳起來。

「什麼可以打造身分？」

林努思一時摸不著頭腦，到底發生什麼事。

「對您而言，德國的主流文化是什麼？」

林努思在沉吟，至少看起來是這樣。

「您對身為德國人感到驕傲嗎？」

我感覺林努思的猶豫多了幾秒。

「可能吧。」

新老師學他的樣子，將答案拉長。

「『可……能……吧。』到底是什麼？是或者不是？」他看著我。我很慶幸他問的不是諾亞，誰知道他一時會說出什麼來。

「是！」

「這才對嘛。」新老師說。

我以為我蒙混過去了，誰知道現在才要開始：「為什麼您以身為德國人感到驕傲？」我不知道要說什麼。

「對您而言，什麼是德國的主流文化？」

我腦中閃過幾千個答案，但是大聲說出來的話，每個答案感覺都很蠢。我們的歷史、普魯士人、日耳曼人，歌德跟席勒、巴哈等等。莫札特……不，他是奧地利人。喔，也有大公司像賓士汽車、ＢＭＷ或者國民車。但是主流文化，文化是什麼？

「想到什麼了嗎？」他打斷我思考。

班上的人癡癡地笑。

「宗教，例如說。」我母親因為宗教稅的關係退出教堂。我最後一次踏入教堂，是我的聖餐儀式。雖然如此，我還是基督徒，不論如何。「我們是基督徒，我們大多數人都是。」我說。

新老師穿過桌椅對我走來。諾亞推我一下，「身為基督徒是德國本質？我一直還以為耶穌來自近東呢。」「閉嘴！」我輕聲說。「伯利恆位於黑森林嗎？」媽的！沒有人能像諾亞這麼煩人！「哦，原來如此，所以聖誕節的時候才會在家裡豎起一棵德國冷杉。」諾亞繼續戲弄我。

新老師現在站在我面前了，「我們是基督徒，很對！所以伊斯蘭教不屬於德國。」他分發一份國家另類黨的宣傳冊，布魯門坎帕發下的劇本他收回去。「最重要的地方我已經幫各位畫了線，請大家到下周五前把這些背好。」

我大致瀏覽了一下內容，宣揚基督教屬於主導文化之一，我想對了。屬於文化主流的還有一個合乎科學的人文傳統，這我就不知道是什麼鬼了。然後裡面還寫什麼古希臘根源、古羅馬的法統以及文藝復興。

「根本所有的文化都收進德國本質裡了，」諾亞說，「文藝復興這個詞不是法文嗎？」

當然，他對什麼都要發表評論，雖然他自己也不懂，他的法文程度和我一樣少，在學校裡我們兩個除了英文以外，學的是俄文。

新老師在多元文化下畫紅線，多元文化是嚴重的威脅，這本冊子裡說。它對社會安詳與國族生存有重大威脅。是我的話，我不會寫得這麼嚴重。

「請大家開始學習，十五分鐘之後下課。今天是我上任第一天，我還得去行政處報到。」然後新老師也離開了教室。

諾亞收拾他的東西。

「等一下。」我點頭暗示他，門上掛著兩台監視器。

諾亞搖搖頭，朝我咧嘴一笑，在監視器前低下身體，朝兩台監視器伸出中指，然後離開。

同僚看著他的背影。

「他怎麼了？」林努思問。

我沒說什麼，但是我很清楚他怎麼了。諾亞認識今天在控制室值班的人，科技宅罩科技宅。

諾亞在軍營門口等我。「都背好了？那本宣傳冊？」

「別煩！」

諾亞學希特勒的樣子：「國國國……族……的的的……生存……」

吼，他真的很討厭！

「諾亞！已經周末了，我們不要再講政治了，好嗎？」

他接受我的講和條件，「好啦，不講了。」

我們想坐火車去海邊，去他父母的公寓。他的父母不在，度假去了。我們的計畫是通宵玩電腦遊戲，清晨去海灘、無所事事，不用半夜被出任務的警鈴嚇醒，或者被強迫六點半就得吃早餐。整整兩天自由自在，不被軍營拘束。

我們抵達的時候，天已經黑了，火車站裡冷風颼颼，吹得我們的耳朵發疼。

「要下海一下？」諾亞問。

「你瘋了！」

「意思是同意？」

「我們有必要搞到得感冒肺炎嗎？」

諾亞一向不聽勸，他二話不說，開始往海裡衝。

「你真的是神經病！」我在他身後大叫，當然也跟著衝上去。

從火車站到海邊的距離是十分鐘的路程，我們五分鐘就到了，雖然我們肩負沉重的橄欖綠的背包。

接下來幾分鐘，我穿著短褲站在冰冷的水裡，我讓身體一寸一寸地適應水溫，掙扎著浸到肚臍的高度，心想今天這樣很足夠了！

這個時候，諾亞從背後把我拉下水，使我完全沒頂。我潛下水去絆他的腳，他也沒頂了。

五、六個女孩坐在離我們二十公尺遠的地方，圍著營火，裹著厚厚的夾克、毛帽，傳著一瓶酒在喝。

「妳們不救我嗎？」諾亞喊道。「這傢伙要殺我。」其中一個女孩站起來往我們這邊過來，長捲髮，其他的光線太暗我分辨不出來。她手裡拿著的，是比一瓶酒更好的東西——一條毛巾。「這毛巾還是乾的，太冷了我沒有下水。」

「我真是再同意不過。」我說。

她對我微笑。

我們從海裡爬上來，跟她們坐在一起。

長捲髮的女孩指指我的背包，「那裡是什麼樣子？」

「軍隊裡？」

「你不用給生產背包的做事。」

所有的人都笑了，諾亞笑得最響。

我微微一笑，「軍隊裡很不錯啊，我超喜歡的。」我喝一口酒，用酒瓶指指諾亞，「他超不喜歡的。」

一個小時之後，長捲髮依偎著我，她睡著了。她的朋友把她拉起來，氣氛轉為離別的惆悵，她們要搭的最後一班火車馬上要開了。

諾亞跟一個穿著過大的皮夾克的女孩討論得難分難解，我只能聽到零碎的語句。

「……他們騙了我們所有的人……」

「……錢都拿去買武器和制服……」

「……對家庭的概念太可恨了……」

「……女人回歸廚房……」

「……什麼德國啊！」諾亞說，「末世之國啦，應該要叫這個名字才對……」

「……根本就是死路一條，對嘛……」

諾亞不能閉嘴嗎？

皮夾克女孩一直不斷點頭贊同，真是沆瀣一氣！

諾亞所說的一切，都有回音。

雖然如此，跟這些女孩們在一起相處還是很美好。我們溫暖地擁抱，彼此告別，她們必須走了，我們也是。不論現在有多晚，我們還有事要做。

我們抵達諾亞父母住的地方，把我們的電腦架好時，已經是凌晨兩點。諾亞包辦架設，把所有的電線都接好。他父母的音響和我們的電腦可以相容，馬上就可以開始了。

我走到冰箱前面，冰箱的門上貼著自然能源公司的證明文憑，上次來的時候還沒有這個。他父親的名字被以粗體字的形式寫在標題上。

諾亞的父親應該感到非常驕傲，因為他買的是綠能源，對從他這裡賺錢的能源公司來說，現在他彷彿成為一個英雄。這些公司也頒發給他一些證書，證書上寫一些氣候保護成效影響什麼的，還有他救下四十一棵樹沒被砍倒。

「你爸知不知道，」我的聲音整個公寓都聽得到，「你昨天晚上用你的G36幾乎把整座森林的樹都射死了？」

諾亞沒有反應，他沉浸在電子技術的海洋裡，或者已經淹死在裡面。

「你爸救下的這四十一棵樹，你又加倍奉還了！」

冰箱裡有一組六瓶裝啤酒，「年輕人，乾杯！」的字條黏在上面。我扯下兩瓶拿到客廳，把一瓶放在諾亞的電腦旁邊。

「我媽認為，幫我們準備好啤酒，我們就不會去喝更烈的東西。」

聽起來好像在說對不起似的，但諾亞的媽媽根本不需要道歉。我覺得這樣很好。我母親就一定不會這麼做。好吧，她心裡有一堆鳥事，直到今天她還相信，我父親拋棄我們，是因為酒喝太多，意思是他的腦袋不清楚了。反正也沒有人能證明，他消失得無影無蹤。對我母親來說，把一切怪罪給酒精，顯然可以得到安慰，但是她自己卻也開始喝起酒來。

諾亞和我把酒瓶喝乾，接著開始大戰賭局。他使用火箭筒穿越大廳，地上鮮血淋漓。我則捧著電漿炮獵殺惡魔，有時身在地獄，有時上了火星，反正沒有差別。其實更多的時候，我們是在逃命。

凌晨四點左右我們稍事休息，穿著厚厚的外套坐在陽台上，酒瓶都空了。鄰居仍然開著電視：布特史賓賽（大野遊龍）打遍天下。我們猜想，看電視的人應該是在電視機前睡著了。布特史賓賽一點都不介意，正在賭場裡大開殺戒。有那樣的拳頭，根本用不著電漿炮。

不知何時，狗開始叫。陽台上也變得太冷，不能坐人了。

一排一排的房子後面是大海，冷空氣就是從那個方向朝我們這邊襲來。長捲髮女孩和她的朋友們此刻在做什麼？在別的地方繼續玩？還是已經在夢鄉？

諾亞要進屋，他想煮點東西吃，我很贊成。他站在門框下，還有話要說。

「你百分之百站在國家另類黨那邊，是嗎？」

「大概百分之九十九啦，所有的這一切我也沒有覺得有多好。如果你只是百分之二十贊成他們，我也真的不覺得有什麼。我們不需要整天都……」

「你媽呢？」

哦，原來如此，我大概知道他要說什麼了。

「反正她可以有一個安穩的工作了，她還在那裡工作，不是嗎？」
「她在保安服務處，晚上拿著手電筒巡邏原子反應爐。」
「發電廠自己不夠亮嗎？」諾亞笑。
「你不是要去煮東西嗎？」
「居然直接廢除裁減核能的政策。」
「我肚子很餓欸。」
「核能萬歲！」
「諾亞！」
「你親愛的黨甚至宣告，我們人類和地球暖化氣候變遷沒有關係。」
「阿門。」我想著他父親的自然能源證書，一邊收瓶子。「我媽只是很慶幸，她不用在街上乞討，你也知道她失業了多久。」
「是的，我知道。我也知道，那時國家另類黨把她的失業救濟金刪除了。國家辜負了你媽和所有失業的人。」
「胡說！是私有化，國家只是把失業救助這個項目分給民間企業去經營，沒有刪除，只是私有化。」
「轉得真漂亮，私有化！一個國家如何將人民的問題私有化？」

「諾亞……」

「你媽忽然之間幾乎身無分文，你知道為什麼嗎？」

「你反正馬上要告訴我了，不管我想聽還是不想聽。」

「因為接下這個項目的民間企業不會幫助失業者的，他們只看利潤，看準機會就攫取金錢，錢、錢、錢、更多的錢。」

「但是她終於有工作了，在核電廠，你怎麼說？這是壞事嗎？」

「如果核爆了，就是壞事。」

「怎麼會核爆呢？反應爐很安全啊。在德國還沒有核電廠發生過什麼事，爆掉的都是便宜貨。」

「那日本呢？便宜貨？別說這種蠢話好嗎！」

「那是海嘯造成的，我們這裡不會有海嘯。」我往海的方向指，海上沒有高於五、六公尺的浪。

「那是因為發生地震，地震引發了海嘯。要是有地震怎麼辦？」

「我們的核電廠頂得住的。等一下，你太誇張了，我們這裡什麼時候有過地震？」

「如果有恐怖攻擊呢？核電廠也頂得住？」

「所以我們才不能讓難民入境啊！」太讚了，諾亞終於自食惡果，呵呵！

他絲毫沒有退讓的意思，「那你要怎麼阻止一架被劫持的飛機？在邊界築二十公里高的水泥牆？」

真的很晚了，我沒有興趣再這樣討論下去。

我的背包還丟在廚房，我從諾亞身邊經過，從背包裡拿出在火車站買的龍舌蘭酒，瓶子摸起來是暖的。「有冰塊嗎？」

「當然，冷凍庫不用核能也可以運轉。」

我們兩人大笑。

我們就是這樣，雖然經常吵得面紅耳赤，但是沒人會記仇，沒人會因為這樣感到被羞辱而惱羞成怒。

諾亞的手機響了，他看一下螢幕，帶著手機離開我的視線。這個時間誰發簡訊給他？我猜是那個穿著特大號皮夾克的女孩。我從客廳拿了棉被出來，這樣在陽台才抵得住寒冷。

那我就以布特史賓賽和鄰居為伴吧，從陽台大致可以看到電視畫面，而這類的電影不用聽到聲音也可以懂。

五分鐘後諾亞帶著他的筆記型電腦出現，我以為他會帶來冰塊、兩個杯子、檸檬片和鹽。

「我再給你看個東西，然後我們就不講政治了。」

「我們不是約好了，周末不……」

諾亞握住我的手臂，「再看一下這個就好了，然後我就不說了。」

「永遠不再說了？」

「今晚不說了。」

「整個晚上？」我促狹地說。

「包括早餐時間。」

「真是超級優惠大方送。」

螢幕上我看到布魯門坎帕，他離開教室，剪接，他沿著走廊前進，剪接，他等在史塔克辦公室門前，史塔克來了，他們進去辦公室，剪接，四個士兵把布魯門坎帕拉出辦公室，四個！

布魯門坎帕身上每一公斤的肉都在反抗，畫面切換。軍營裡的停車場，士兵把布魯門坎帕帶到他的紅色富豪車邊。他對士兵大喊大叫，坐進車裡駛離，畫面切換。

「這個影片你是從哪裡取來的？」

「剛剛有人把網頁連結發到我手機上。」

「誰？」

「我們還是談內容吧。」

「布魯門坎帕製造了麻煩，所以史塔克叫人來幫他把布魯門坎帕趕走，很簡單。」

「他不是健康有問題嗎？他們不是這麼說的嗎？」

「他是健康有問題啊，他有精神病，你看他掙扎的樣子。」

「我們是這麼對待健康有問題的人嗎？」

我搖手打掉他的問題。我開始擔心，諾亞在軍營裡都跟什麼人在一起啊！他又再度在屋子裡消失。剛剛不知道哪裡在叫的狗，我聽到牠還在叫。這隻狗有什麼毛病啊！我肚子好餓，我快餓死了。

「蔬菜煎餅還是豆腐做的香腸？」諾亞從廚房大喊。

他乾脆直接殺死我吧！我立刻衝到廚房，「自然能源也就算了，但是你有必要這麼誇張嗎？」我真的有點七竅生煙了，「你的超人老爹不會也不殺生，加入動物保護團體了吧？」我眼前已經浮現素食州協頒發的證書：年度「救生」員！未來的某一天，這屋子裡的壁紙都是某某證書。而為了做出這些證書而被砍倒的樹又是什麼想法，我很想聽聽。

諾亞不發一語，站在爐子旁邊正以慢動作將番茄切片。他面前的平底鍋裡，兩塊牛排滋滋作響。

當我的電話鈴響的時候，他驚訝地抬眼看我：「是你媽嗎？」

不然還有誰？清晨四點半，只有我媽有這種特權。她正在值勤，覺得寂寞了，尤其是下半夜，還是周末的夜晚。但是她絕不會承認，而且還假裝是為了關心我。她的標準問題是：「你狂歡結束回家了嗎？有沒有坐計程車？你今天睡哪裡？」

至少她從沒問過我睡的是誰，雖然如果她知道的話，也不會有什麼意見。

但是來電顯示不是：媽媽，而是：史塔克長官。

5 法娜

薩米娜的手機在響，又來了。

我們坐在最愛的公園裡尤加利樹下，就緊臨在大學校園旁。以前我們幾乎每天傍晚都在這裡碰面，這裡還算安靜，而且沒什麼人會打擾，像這樣的地方，在阿迪斯可沒有幾處。

薩米娜躺在乾燥的地上，拿她的旅行袋當枕頭，我輕輕撫摸她的臉頰。她的手機響聲終於安靜下來了。

「為什麼剛好就一定要今天開始？」薩米娜問。

「雨季結束了，也許是因為這樣。」

「一個星期之後也是雨季結束。為什麼要是今天？」

到底為什麼我也不清楚，卡拉的朋友塔法利昨天打電話給我，告訴我如果我還想去德國，就得馬上。他只說，有一個「絕無僅有的時機」，其他的不肯在電話裡說。

卡拉將一張寫滿朋友電話號碼的紙條塞進我的外套口袋，將一張裝滿厚厚鈔票的信封塞進我的手裡，然後我就離開了醫院，離開了阿法爾州。

我在那裡怎麼說也工作了半年，而且我猜錯了，離開的人不是卡拉，而是我。

「為什麼要今天？」薩米娜又問。

「也許塔法利找到了很好的接引的人，我也不知道。」

薩米娜和我之間沒有祕密，她知道我逃難是誰付的錢，目的地是哪裡。她認為這個計畫有生命危險。

「妳根本就不認識塔法利，妳不害怕嗎？」

「我當然怕得要命，但是我認識卡拉，我必須信任她。」

我當然有很大的疑慮，我的擔憂比疑慮更多。但是我想離開，我不想留在這裡眼睜睜看著飢荒毀壞我的國家。我想要人生有機會，我想成為醫生，而且是的，我還想要有再見到那個柏林人的一天。

薩米娜把她的手機湊到我鼻子前面，一張照片滑過一張照片。「這些留不住妳？」

照片上的五個男人，他們戴著口罩和手套，拉著黑色的袋子，拖過潮濕的沙地，背景是海浪、浪花與藍天。那個袋子的封口並不嚴實，看得仔細一點，就會發現那是個死去的人。

然後另一張照片，一艘傾斜將沉的船，有太多太多的人在甲板上，不是每個人身上都有救生衣。有些人跳進海裡，但是他們到底會不會游泳，照片上看不出來。其他人試圖牢牢地抓住能夠抓住的地方。

然後是這個孩子的照片：他穿著紅色的T恤、藍色的褲子。畫面上看起來這個男孩好像玩累了，在沙灘上睡著了，但是其實不然，是海浪把他沖上岸的，他已經死了。

我把薩米娜的手機搶過來，「妳有四十六通未接來電。」

「妳少轉移話題。」她說。

「妳不也是。」

「好吧，妳想知道什麼？」

「還是我們那時在咖啡館說的事：他是誰？他幾歲？」

「告訴妳可以，但是不許妳有意見！他比我大三十歲。」

「什麼？」我大叫。

幾個年輕男人朝我們這邊看，他們坐在離我們兩棵樹遠的地方。

「是的，大我三十歲，」薩米娜再重複一次，「而且他已經有兩個太太。」

我真真正正的無語了。這還有天理嗎？薩米娜居然得嫁給一個大她兩倍的男人！她居然得變成人家的第三個太太！我以為這種事在阿迪斯不會發生，也許離首都幾百公里遠的鄉村有可能，但是怎麼可能在這裡！

三個女人在三間住房裡，不久每個太太都會有小孩，並分享同一個生父。更可況要想像薩米娜是一個母親也太難了，她自己都還是孩子。

「妳有照片嗎？」

「沒有。」

我用力擰她的大腿。

「好啦好啦。」她把手機給我。

我認出來那是她家裡的客廳，她的準丈夫來拜訪，薩米娜坐在他旁邊。她的父母、他的父母都緊挨著他們兩人圍成圈，他們兩個連小手都沒有牽。

令我驚訝的是，那個男的看起來不比薩米娜大多少，真的要猜的話，大概也只大兩、三歲。還說什麼第三個太太！我怒視薩米娜。

她大笑，「說到我們穆斯林人，妳就什麼都相信，是不是？」

那個男人看起來還可以，但是不知怎麼地，覺得他笑起來怪怪的。也許他正對他的禮物——他自己的女人，我的好朋友——感到高興，因為他不需做任何努力，就簡單到手了。

薩米娜的電話又響了，她坐直身體，我們互相擁抱，緊緊地把對方壓進懷裡，直到電話鈴安靜下來。

然後薩米娜把手機丟進旅行袋，有如讓它跟她的結婚禮服以及紫色有蝴蝶結的鞋子送做堆。

什麼可笑的禮服！給幼稚園的小公主穿很可愛，但是薩米娜怎麼能穿這樣！抱怨是沒有用的，因為這一切都是「夢幻婚禮」的一部分。他在那一天會被裝扮成王子，一輩子僅此一次當王子，然後再也不是。

她拿起旅行袋，「我得回去了，要不然我的父母要報警了。」

「妳是怎麼溜出來的？」

我想像她在家裡，她是如何被母親、姑姨婆姊們圍繞擺弄，還有以噸計算的化妝品、髮蠟，都是為了晚上的慶宴。而她竟然一溜煙出走，脫下層層妝裙，裝進旅行袋中，把自己變回薩米娜，真正的薩米娜，我所認識的薩米娜。她做的這些，為的都是跟我告別。

「至少我逃的難既沒有貴森森的接引的人，也不會得上掉鏈子的船。」她欲言又止，終於還是什麼都沒說出口，只是悲傷地看著我，在我的嘴唇上印一個吻。

我輕輕撫摸她的臉頰，「妳吻過他嗎？真正的吻？」

「今天才會發生，新婚之夜的時候。」

我還能說什麼。我第一次吻柏林人的時候，是在國家博物館裡。那裡下午都是外國人，更何況親吻的戀人們一點都不在意這些人。那個下午館裡很冷清，我牽著他的手，把他帶到地下室，那裡光線比較朦朧。這種光線在展覽百萬年前的骨頭時，為了確保骨頭不受損害，應該也是非常必要的。隨便啦，我只是想讓他看我們共同的祖先——塞拉姆人、阿爾迪，當然還有露西——的骨頭，柏林人甚至已經讀過有關露西的史料。

薩米娜現在還不知道，她的準丈夫是否會接吻呢。我只要一想，就覺得難過。

「妳還是什麼都沒告訴妳爸媽？」她問我。她想轉移話題，也不能怪她。

「沒有，等我到了德國再跟他們連絡，之前還是不要讓他們知道好了。」

我的父母甚至不知道，我人在阿迪斯，正和薩米娜見面。這場告別是突發的，我昨天接到電話後，緊急地把薩米娜約出來。這是屬於我們兩人的告別，雖然我父母家離我們的大樹只有不到二十分鐘的計程車車程。也許我心底深怕我站在母親面前時，會改變主意。她會是我最想念的人。

我的父母相信，我仍在阿法爾勤勉地工作，在醫院賺錢養活他們，並能填滿父親的酒瓶。

我這麼想，也許是不公平的。我希望能幫助他們，我也想要他們什麼都有，但這得要在我扣除自己的餐費、住宿、學費之後。

薩米娜將手放在我的肩膀上，「妳不想想妳爸媽為妳所做的一切，妳就這麼拋棄他們嗎？」

現在她開始利用我的罪惡感來勸我留下來，希望這是她最後一個嘗試。

「妳看到那些巴士嗎？」

「妳是說載著病人的那些？」

「不是，他們不是病人，是飢餓的人！他們從周圍的鄉下進城，因為鄉下已經沒有東西可吃了。他們到阿迪斯來，因為這裡還有賣外國來的物資。他們用僅剩的一點錢，買車票來首都。」

「要是飢荒也在阿迪斯開始……」

「那時候怎麼辦？」

「如果這裡也開始鬧飢荒，妳的父母就真正被妳拋棄了。」薩米娜從袋子裡拿出一瓶水，遞給我。

「我也是！」

「胡說！如果我不逃的話，才是真正拋棄妳。如果我在德國成功了，我還能夠幫妳，我留在這裡的話，怎麼幫？」

薩米娜的食指輕輕劃過我的肚子。

「也許這裡的一切是妳的命運。」
「我的命運是挨餓？」
「不是，是留在這裡幫忙。」
我很想狠狠地搖醒她，可惜她深信命運這一套，不然的話也不會讓自己陷入紫色蝴蝶結的公主惡夢裡。她說話已經像她的母親了。
「命運是富人才有的。」我回答。薩米娜不解地望著我。
「我一直跟妳說的柏林人的事，妳知道的？」
「拜託不要再開始講妳的柏林人。」
「他現在不是我的柏林人，他只是我過去的柏林人，而且——」
「好了好了，妳到底想說什麼？我得走了！」
「如果柏林人說這是命運，那是因為他好命：他是在德國出生的。他絕不會餓肚子，他職業上可以做他想做的，而且他會跟石頭一樣長壽。」
我跟她說在阿法爾有一個非常美麗的女人，還不到三十歲，她經常頭痛，已經很多年了。卡拉想排除她患腦瘤的可能性，希望把她送上開往阿迪斯的巴士，去做電腦斷層掃描。像這種高級儀器，我們醫院裡當然沒有。但是阿迪斯醫院裡的斷層掃描器已經壞了兩個月，醫院裡的醫生在等國外來的技師。整整兩個月的時間，沒有人能在首都做斷層掃描！而私人醫院的天價，根本付不起，所以卡拉只好給她開藥性很強的止痛藥。這個女人離開之後，再也沒有回來。如果她身在德國，也許就能活下去。

「妳想說什麼？」薩米娜問。

「我們這裡幾乎什麼都沒有，在這樣的情況下，相信命運幾乎是愚蠢的。命運的意思是沒有選擇，是這樣就是這樣。但是我們有選擇，我們可以過另一種生活。」

「只是這種生活不在衣索比亞，對嗎？」

薩米娜反正不需要擔心我的父母，接下來的兩個月，卡拉會繼續把我的薪水匯到我父親的帳戶裡。兩個月之後我應該已經在某處賺錢了。

卡拉總共借了我非常多的錢，光是到衣索比亞北部的機票錢就已經非常可觀。如果我現在不動身，飛機就走了。

我還想對薩米娜說一些話，一些日後她能回味的話，至少在最後一句，臨別的時候。我希望是一句激發她的勇氣的話，但是我腦中一片空白，而她也不知道要說什麼。所以我們緊緊相擁，也許是這輩子最後一次。

到胡梅拉的航程加上中途停留，大約需要三小時。這是我的處女航，我完全被艙外的景色迷住。但是眼前即將要到來的，讓我恐懼不安又緊張。我想念薩米娜——我勇敢的朋友，她在底下繼續為她的人生奮鬥。我現在還不想念我的父母，即便是我的母親。但是思念還是會開始的，家人就是家人。

在我們下方的森林和山脈是這麼的壯闊！我們飛了這麼久，還在衣索比亞境內，雖然馬上要到達厄立垂亞和蘇丹的國界。

塔法利在機場等著要接我，卡拉應該很成功地描述了我的樣子，因為他毫不遲疑就朝著我走過來。

他不理會我伸出的手，而是拉拉我的頭巾。顯然他認為我的頭巾戴得不夠嚴密，「在阿迪斯妳可以這樣就出門，但這裡不是阿迪斯。」

他知不知道在阿迪斯，很多女性的基督徒根本不戴頭巾？我對他已經很客氣了，起碼我戴了頭巾。塔法利看著我的褲子、鞋子、外套，應該有什麼地方讓他不滿意。「妳帶了套頭的衣服嗎？」

我點頭。

「穿上。」

「這裡起碼有二十五度啊。」

「誰知道妳在逃難的路上，什麼時候旅行袋就一溜煙不見了。」

我不甘願地穿上套頭衫，為了讓他滿意，但是找到機會我一定要把它脫下來。

「妳一定需要的，裝進袋子或者穿在身上。」

這是什麼語氣！但是他不是要惹我生氣，我知道，他只是要我準備好路上會遇到的情況。

「頭巾很重要，注意聽。」塔法利的手在我鼻子前激動地揮舞。「妳一到歐洲，馬上把頭巾拿下來。歐洲人對我們沒有概念，他們不知道，我們這裡基督教徒也戴頭巾，對他們來說，所有戴著頭巾的人都是恐怖份子。那邊正狂熱地害怕著恐怖份子。」塔法利一邊說，一邊還在扯弄我的頭巾。「雖然在歐洲被雷劈的可能性還大過在一次恐怖攻擊中喪生。」他總算鬆手。「但是他們不去買避雷針，反而買胡椒噴霧劑，就怕難民對他們怎麼樣。」

塔法利察覺到我困惑的臉，「法娜，我們是黑人，單單是踏上歐洲、在歐洲生活就難上加難，請千萬別再節外生枝。」

在計程車上他翻查我的旅行袋，他拿出一個相框責備地看著我。

我沒有覺得這個相框有那麼大。

「袋子必須更輕。」他說，一邊解開相框，把我父母的照片從裡面拿出來，摺小，塞進我外套的口袋裡。

當我們一個小時之後停下車時，旅行袋已經比之前輕了一半。

我看窗外，前不著村後不著店。

塔法利和我之間的座位上堆著從袋子裡拿出來、在他眼中是累贅的東西。

塔法利身體朝司機方向前傾，問題：「您有女兒嗎？」

「三個呢！」

「那這些東西給她們。」

計程車司機道謝。

我嚥下一口口水，並不是我有什麼意見，但是塔法利把我的東西送出去之前，不能先問我一聲嗎？

我們下車，身處荒野。

我看著計程車尾的紅燈駛離，車燈像貓一般的眼睛愈來愈遠，終於消失。

塔法利和我孤獨地站在公路旁。

「從那個方向去就是阿迪哈路許的難民營所在。」他朝黑暗裡一指。

黑暗中除了不知道是什麼地方的山的輪廓以外，我什麼都分辨不出來。

「在那個難民營裡，我認識了歐馬爾。」

「歐馬爾？」

「他是厄立垂亞來的難民，他欠我人情。」

「為什麼他欠你人情？」

塔法利就地蹲下，我也在他身邊坐下。「歐馬爾有一天晚上帶著很重的傷來到醫療站。那時剛好是我值班，我緊急動手術幫他把子彈取出來，子彈的位置離他的心臟只有幾公分。」

坐在黑暗中，我們有的是時間。我還想知道更多，「誰開槍射他？」

塔法利將故事全部告訴我。歐馬爾如何從厄立垂亞的勞改營逃出來，他因為拒絕當兵，所以被抓去勞改。守衛當然緊追不捨，還開槍掃射，就射中他了。歐馬爾好幾個星期都潛伏在地下，為了活命，只好讓不是醫生的人治療。

不知道什麼時候，狗開始嚎叫，是野狗，生活在荒野的野狗。

「歐馬爾現在好了嗎？」

「好到他可以離開難民營，還可以帶著妳。」

「你信任他？」

「我認識他不比認識妳多。」

我沿著公路望出去，直到路上的柏油被黑暗吞噬。

「你們兩人在公開場合的時候是一對夫妻，這樣妳會比較安全。」

我一想就覺得不太舒服，我信任塔法利，因為卡拉認識他。但是歐馬爾這個人，卡拉一定不認識，「一定要這樣嗎？」塔法利不回答，他費勁地在口袋裡掏東西。

「還有，這個給妳。」他將一個小盒子塞進我手裡。

黑暗中我無法讀包裝上的字。

「這樣比較好，」他說，「路上什麼事都有可能發生。」

我一句都聽不懂，所以把盒子打開。

「尤其是女孩子。」

我拿出藥片，是避孕藥。

「聽好，」塔法利說，「有些人根本不管妳是、還是不是歐馬爾的妻子。」

我想嘔吐。我把盒子收好，站起身，朝黑暗向前走了幾步。眼淚流下我的臉頰，感覺呼吸不過來，必須把什麼吐出來。我究竟在做什麼？我當然明白，路上什麼事都有可能會發生，但是危險還那麼的遙遠。現在看到這一盒避孕藥，似乎改變了一切。我是不能回頭了，家裡也沒有未來。

到我能再控制自己的情緒後，我回到公路旁塔法利身邊。「歐馬爾會陪著我到什麼時候？」

「他要去法國，他有一個表姊在那邊。妳要去德國，最遲在地中海那邊你們就必須分開了。」

地中海，當然。我眼前浮現傾斜的船，救生衣，黑色裝屍體的袋子，死去後被海浪沖上岸躺在沙灘上的紅衣男孩。

濤聲不斷的大海，在衣索比亞可沒有。孩童的時候我一直希望，可以看一次海，看一次無邊的天際線，躺在橡皮艇上、打呼昏睡，像電影裡一樣。

在地圖上看，紅海不遠，雖然如此，對我來說還是遙不可及。我現在居然要前往地中海，但是我心底只有無限的恐懼，我連游泳都不會。

地平線那端有燈光在閃爍，有兩輛車接近中。前面一輛車內坐著兩個男人，兩個都是二十出頭的年紀，我猜。其中一個開了車門，下了車。

「Selamno妳好，法娜，我是歐馬爾。」

我對他點頭，「Selamno你好，歐馬爾！」

他指指車子，「準備好開始長途旅行了嗎？」

他的阿姆哈拉語說得不錯，我想，這個語言只有老厄利垂亞人還會說。我背起旅行袋，當他要幫我拿的時候，我一把搶回來，他微笑著。

司機也下了車，打開後車廂。

我對他點頭。「首先到蘇丹，然後到利比亞黎波里，從那裡渡過地中海去義大利。

對嗎？」

「也許不去利比亞改道埃及，或者不取道義大利，改從希臘登陸，要看情形。」他把香菸丟到地上。「我只是司機，而且只負責第一段。」

無所謂，哪一個途徑對我都沒有差別。反正這一切我都感覺是那麼的不真實。司機揮手叫我們上車，發動引擎，他只想趕快把事情辦完，收錢，然後離開。

「害怕嗎？」我問歐馬爾。

他想都不想，「怕死了！」

他的回答讓我覺得他可親，他不是一隻沙豬。

塔法利已經坐進後面那一輛車，我根本沒有跟他告別。他要回難民營，回去醫療站。這輛載著歐馬爾和我的車子，直接駛往蘇丹的邊境。

6 安東

「你那是什麼臉？史塔克要收養你嗎？」諾亞在兩塊牛排上灑海鹽。

「比這更糟。」

「他跟你求婚了？」

諾亞不覺得事態嚴重，一派悠然的樣子。我們的長官凌晨打電話來，而且是在周末的時候，諾亞竟然說起冷笑話。

他關上爐火，才終於發覺我若有所思。「他要幹嘛？」

「他要我回軍營的時候，除了制服以外，再帶一包足夠幾天穿的便服。」

諾亞將一個全穀小麵包對切，打開，夾進牛排，夾進兩片番茄，淋上番茄醬，然後遞到我手裡。「這有問題嗎？你知道我的衣櫥在哪裡，請自由取用。」

「你不覺得奇怪？」

「他到底還說了什麼？」

「沒了，其他的事，他周一下班以後才會告訴我。」

「給〇〇七的祕密任務？」

「一個祕密任務——史塔克就是這麼說的。」

「為什麼他一定要在凌晨五點的時候告訴你？」

「因為史塔克從來不睡覺。」

「才不是，是因為史塔克是一個自以為自己很重要的人。」

我咬一口麵包，味道豐富多汁。

「你們要在哪裡碰面？」

「絕對機密。」

諾亞挑高一邊的眉毛。

「史塔克真的跟我這麼說。」

諾亞抓住我的手往他的胸前拉，然後大口咬我的麵包。

「嘿！」

番茄醬沾在他的嘴唇上，他察覺到了，乾脆將番茄醬沾到牙齒上假裝成吸血鬼。

「說！不然我把你的血一滴不剩地都吸乾！」他朝我撲過來，好像要咬我的樣子。

幸虧我們沒有將龍舌蘭酒打開，諾亞現在都已經瘋成這個樣子。

「彈藥庫，我們在那裡碰面。」最後我脫口而出。

「好選擇！」他用一張餐巾紙把吸血鬼紅牙擦掉。「彈藥庫的牆有幾公尺厚，不怕有人偷聽。而且，如果你下班以後才過去的話，那裡也沒人了。」他對切第二個麵包，並且終於開始吃自己的牛排。

「不會有什麼大事的。」

「但是為什麼不用穿制服？」

「你幾時看過〇〇七穿制服？他不總是穿著西裝環遊世界，從一個超級壞蛋這裡到另一個終極惡人那裡。」

環遊世界去找一個惡人？我完全忘了咀嚼，一塊肉哽住我的喉嚨。這次會面我到底會被叫去做什麼？

諾亞抓住我的手，拉著我一起。「我們再玩一輪。反正明天晚上之前也無法再知道得更多，到時候才知道。」

我們在周日的計畫是傍晚再出發回營區，結果這並不是一個好主意。火車所需的時間無預警地被拉長，停在一個通常從不會靠站的窮鄉僻壤。

月台上站著的警察一定有上百個，他們頭戴鋼盔、手拿警棍，還穿了鋪了軟墊的裝備，讓他們的身體看起來一個有兩個人那麼寬。起碼有兩打以上的人手上還牽著狼狗。

我馬上想到的是成群的足球迷，這些人大約半小時前上了車，拿著空啤酒瓶在火車上走來走去，大聲喧鬧。不論醉得再厲害，酒瓶能換取的押金，這些人絕對不放棄。

諾亞想的和我一樣，「他們在這種地方，等酒醒的帳篷不知道夠不夠？」

我還來不及回答，廣播喀的一聲響了。「各位旅客，因為警察臨檢的緣故，我們額外停靠在這一站。」

哦，臨檢。原來跟這些足球迷沒有關係，而是在查入侵者。這樣也很好，也許能找到幾個因為諾亞而被我們放走的人。

「火車再幾分鐘就會繼續前進，關於轉車資訊，我們也會及時宣告，造成您的困擾，敬請原諒。」

我們車廂的門開了，進來兩個穿制服的男的，兩個穿制服的女的。

「警察臨檢。」其中一個女的說。

他們動作很快，大家都知道，他們不是來賣咖啡的。

我們對面一個女孩跳起來，可憐的孩子嚇到了。她扯著朋友的衣服不放，兩個女孩大概十四、五歲的年紀，一個紅髮，另一個是金色捲髮。她們臉上的妝很濃，一起眼露驚惶地看著警察。

諾亞和我對望一眼，我對女孩俯過身去，「只不過是臨檢，不用害怕。他們只想看看身分證而已。」

女孩其中一個對我點頭，然後在另一個女孩耳邊細語了幾句。

兩個人站起來，經過我們。

一個女警察覺到，「等等，站住！」她跟在女孩後面，女孩開始奔跑，但是沒有出路，她們在火車裡跑不了多遠。這裡警察比乘客還多，她們跑得再快也是逃不了的。

我看著她們的背影，要怎麼樣才能認出她們是入侵者呢？她們看起來完全沒有不同之處。

我想起昨天在沙灘上那些女孩，「紅髮的哦，很難得見到，為什麼呢？」

「因為他們在中古世紀的時候，把這些美麗的生物都殺光了。那些迷信的白癡！」

「你真的認為是這樣嗎？有這麼長久的影響？已經這麼多代過去了。」

「不清楚。」諾亞將一顆口香糖扔進嘴裡。

「我們兩人中你才是狂熱主義者，這只是我的理論。」

我搖手，不想再理他！

接著在月台上警察包抄三個年輕男子，銬上手銬。他們應該是摩洛哥人，我猜。

「列車即將繼續前進，」廣播裡的聲音說，「請原諒行駛過程中所造成的不便。」

剩下的警察從列車裡衝出來，狗在吠叫。剛剛那兩個女孩已經在這人群聳動中不見蹤跡。

「你看到她們兩個嗎？」

諾亞搖頭，但是我猜他的意思不是回答我的問題，而是對車外這些景象表達意見。

我們還是趕上了要接駁的車，在不知道什麼地方的某一處，有一輛橄欖綠的巴士正等著我們。這輛巴士周日晚上一個小時一班，從車站回軍營。

胖司機露出他的金牙歡迎我們。「年輕人，周末幹得很爽嗎？」

「那還用說！」諾亞說。「您也是嗎？」

司機的詭異笑容凝結在臉上。

我們的營房裡是空的，另外四個室友總是周一早晨才回來，他們的父母就住在軍營附近。

諾亞躺在床上，伸了個懶腰。「明天你有祕密任務可以接了！」

「多謝提醒，你這麼一說之後，我肯定能夠睡個好覺。」

「兄弟，誰知道後天早晨你會在哪個國家睜開眼睛？」

「閉嘴！」

諾亞已經深深埋進棉被裡，但是他顯然也還不想睡。「你一定暗爽史塔克找你出祕密任務，對嗎？而不是找林努思，比如說。」

「或者你。」

「或者我。」

我當然是有一點小得意，像這種任務應該是好兆頭。

我延長役期的申請表還躺在史塔克桌上，他不簽字的話，再三十二天我就役畢了。諾亞根本不贊成我申請延長，我管他想什麼，我的首要目標是把帳戶填滿。只要延半年，半年就夠了。我需要一點預備金，才不會像我媽一樣，突然流落街頭。

我承認，諾亞和沙灘上那個皮夾克女孩是對的：失業救濟提供真的不能被改為私有化來運作，如果變成這樣，要是沒有工作的話就真的慘了，從私人單位那裡領到的失業補助非常少，根本有也等於無。

競爭是好的，聰明和強壯的人才有資格成功，這些我都明白，物競天擇、自然淘汰等等。但是那麼多的人在往成功的路上擱淺了，這也不對吧！

諾亞大聲地打呵欠，「誰知道，也許辛蒂會跟你一起出任務，那我就可以從空中看到你了。」

「那我寧願自己照顧自己。」

諾亞在想什麼，我現在可不太確定。現在的他絕對不可靠，尤其在危險的情況下，他對入侵者太友善，萬物他都愛惜。

「不管什麼阿貓阿狗，你真的會讓他們統統進來，是不是？」

諾亞的回答是一陣鼾聲，什麼嘛！

凌晨一點，警鈴響了。

我反正沒睡著，諾亞繼續酣睡。但是在寢室裡，我們對面有人在移動，他們必須出去驅趕入侵者，至少今天沒有下雨。

快到四點的時候我終於睡著了，正好是鬧鐘響起前一個小時。

隔天一切正常，和軍營裡每個星期一的活動一樣：早餐、兩個小時體能訓練、兩個小時邊界圍牆巡邏、中餐、三個小時靶場打靶、一個小時擦槍、晚餐。

「等會兒見。」我對空蕩蕩的寢室說，然後背上背包。同僚中沒人知道，我現在要去哪裡。唯一知道的那個人，根本不在。諾亞保證一定又蹲在哪個角落守在筆電前。反正讓他們列隊歡送，也太誇張。

當我到達彈藥庫的時候，前面停著一輛黑色的賓士，車牌不屬於任何政府機構。這輛車是怎麼進營地來的？

進彈藥庫的大門是開著的，史塔克從裡面出來，我舉手敬禮，他舉手回禮，他從來還沒有回禮過。

「非常好，」他說，「比約定時間早到五分鐘，軍人的準時。」

我們走進彈藥庫，史塔克拉扯一條紅色的帶子，咯吱咯吱地響，之後門在我們身後關上。

彈藥庫裡堆滿了箱子，架子上都是為了最嚴重的情況準備的武器。房間的中央站著一個年紀較大的男人，至少七十歲了。他穿著格子西裝，藍色的襯衫和紅色的領帶。

我覺得他很面熟，國家另類黨的一員？我相信，我在電視上見過他。

這位老先生伸出手，有力地握住我的，但是沒有自我介紹。

「這是我跟您報告過的同志。」史塔克說。

「我很高興可以認識你本人。」

「謝謝。」除此以外我還能說什麼。

老先生從上到下打量我，他可能在想，我是不是適合的人選，雖然我不知道是什麼樣的任務。

史塔克從文件夾裡抽出一張表格，「那我們先從文件手續開始。」他把表格遞給我，「延長役期六個月。」

「哇！」我不知道要說什麼，這真的是意外驚喜。

「任務圓滿完成的話，馬上升級。」史塔克補充。

升級的意思是加薪，我笑得合不攏嘴，看起來一定超級不像軍人。格子西裝朝我走近半步，其實沒有必要，這裡面的空間已經夠擠了。「新國家另類黨，聽過吧？」

我小心地點頭，希望表達出來的意思是：可能有，啊，有、有，好像，我記不太起來。實際上我什麼都不知道。

「國家另類黨走的路線是正確的。」老先生說。「但是太瞻前顧後了，光說不練。」

「新國家另類黨原來是國家另類黨分裂出來的？」我問。

「不是，不是，我的天哪，是地下的組織，我們是這樣定義自己的。」

「聽起來很複雜。」

「一點都不會。國家另類黨是有點太有名氣的媽媽，我們是她長大成人的兒子，我們做事獨立自主、有勇有謀、絕不妥協。」

「有點像快速干預部隊那樣嗎？」

這位新國家另類黨的先生微笑看看我，然後轉向史塔克微笑。「說得很好，年輕人，快速干預部隊，就是快速干預部隊！首先我們將中了六八年運動『左派右派綠自由』之毒的德國，重新整頓成強大的德國，」他深吸一口氣，「接下來我們要將國族的道路——」

史塔克把手放到老先生的肩上，看起來他們似乎已經認識很久了。「夠了，別再談政治了。我們這裡有一個等著任務分派的士兵。」然後他轉過來看我，「你看，你要被指派的任務意義重大。」

當他終於把任務的內容告訴我的時候，我迷糊了。我第一個想法是，這是一個測驗嗎？他是開玩笑的吧？但是這位格子西裝的人看來嚴肅不已，幾乎可說是悲傷的模樣，而史塔克也不是一個幽默的人。

他們叫我做的事真的很糟糕。他們有權這麼做嗎？另一方面，這個人是新國家另類黨欸，還能夠升級，升級會讓履歷很漂亮，當然還有錢。而且，他們選中了我！我！像這樣的好機會我這輩子不會再有了。

史塔克看錶，「還有問題嗎？」

至少二十個！但是這些問題我大多數不能問出來，問出來的話就會洩漏我害怕這個任務的心情，也會洩漏我覺得這個任務有多難施行的想法。「為什麼選我？」

史塔克一秒都沒有考慮，「你在邊界執行任務的統計成績非常優良，你的體能非常好，是一個服從的好士兵。」

不知為何我感覺很驚訝，對他來說這樣就夠了。史塔克感覺到我在想什麼。

「你的母親幾乎都不在家，你也沒有父親。」

他知道的比在我個人檔案裡的資訊多。但是他跟我說這些做什麼？

新納粹黨的那個人對我點點頭。「史塔克指揮官想說的是，軍隊對你的意義比對別人的意義重大。你屬於軍隊，所以也屬於新國家另類黨，你是我們的一部分，我們是你的家人。」老先生重新掛上微笑，有點歪斜，但那是真誠的。「我們需要像你這樣的年輕人，等你之後上大學，也許能夠拿到國家的獎學金，你可以成大器。」

「現在還有問題嗎？」史塔克問。

沒有了，我知道他期待什麼了。他要的是肯定的回答，他也會得到肯定的回答。我早已經下定決心，如果我有選擇的話。

「什麼時候開始？」

「馬上。」

「但是，」我尋找藉口，「我母親……」

「你母親我明天一早會親自打電話給她。」史塔克說。「你參加一個這麼重要的訓練，她會為你感到驕傲的。」

訓練？哦，哦，原來我的不在場證明是訓練。一個沒日沒夜也沒假的訓練，既沒有周末，也沒有地址電話可以連絡上我。但是我的母親會相信這一套的，她對軍隊根本沒有概念。比較會擔心我的，應該是諾亞。

「我還想跟諾亞說一聲，他是我最要好的——」

「忘了他！」我嚥下一口口水。

跟史塔克討價還價是沒有用的，我認識史塔克。

「他已經給你製造足夠多的麻煩。」

這是真的，雖然如此我還是想跟他告別。

老先生的手機響了。他看螢幕，扣上西裝的釦子。「我們必須動身了，波蘭人不會一直等下去的。」

7

諾亞

「我們得走了，波蘭人不會永遠等著我們。」老先生再次強調。在這之前，他還非常仔細地扣好他的外套鈕釦。

史塔克上前，向安東伸出手，我看到的時候很驚訝，因為他從來沒有過類似的行為。史塔克指揮官的招呼手勢通常都是軍事型的，愈是到達額頭的時候手愈平直，這位軍國主義者就愈高興。

通常來說是如此。

他在安東身上剛剛施行的是盟血兄弟的魔咒，希望安東夠聰明，能夠看穿史塔克的詭計。

我把筆電合上，把耳機從頭上拿下來，這段錄影已經存好檔。

天哪，安東到底攪上什麼愚蠢的鳥事？想從中脫身現在可不容易了，老先生和史塔克根本沒有給他什麼選擇的餘地。

史塔克對我的想法，我現在也知道了。這也不是什麼大驚喜，反正我猜想也是如此。圖書館大門上的鑰匙孔裡有轉動的聲音。

他們要把我鎖在裡面！我被發現了嗎？我跳起來，猛捶大門，「嘿，開門！」

鑰匙轉動的聲音重新出現。

陸軍一級下士舒茲站在我面前，咧開大嘴。「喔，還有一個在裡面。」

他應該不只才喝了一瓶下班後的啤酒，據我猜測，比較像是喝了半打裝的。尤其他是現在才要開始上班，不是剛剛下班。

我只用嘴，不敢用鼻子呼吸，我為舒茲感到難過。他已經服役二十年了，長久做這種工作的話我也會變成酒鬼。

「現在要閉館了。」他敲敲手腕上連海拔和氣壓指針都有的粗大手錶，好像除了看時間之外，在這個軍營裡還能用到其他功能似的。

我指指我的筆電和一疊書，書其實只是掩護，「給我時間收一下，很快的。」

「怎麼，你連收都還沒收好？」他把鑰匙塞進我手裡，「等關好後拿來給我，同志，我坐在玻璃亭裡。」

「當然，沒問題。」

不然舒茲要坐在哪裡？在軍營門口值夜，真令人沮喪。

「還有，那些磚頭要放回書架上。」舒茲指指我桌上那疊書。「歸回原處！明白？」

「遵命！」

他哼著小曲搖搖晃晃地走了。

我把書抱在腋下，這些書我只是簡單地從亞洲歷史的半個架上拿下來而已。

我還沒有來得及將書全部放上去，就驚訝地注意到下一層的書架是空的。我之前完全沒看到。「德國歷史第二次世界大戰」是這個架子的標籤。

要是布魯門坎帕看到的話，一定會爆炸，一個被禁的書架！

但是布魯門坎帕不在了，至少不在這個軍營裡了。他應該在不知道什麼地方真正的生活著，我祝福他。

他們驅除他，因為他總說一些讓國家另類黨不高興的事情。而這個空書架上原來的書已被粉碎撤離，因為裡面寫的內容國家另類黨不喜歡。

希特勒？猶太大屠殺？趕快銷毀，不然會被人發現，國家另類黨迷人的口號跟早期納粹很相似。

我順著書架走下去，我想看看，還有什麼是國家另類黨不喜歡的。

沒有多久我就看到，我最喜歡的架子「旅行－國際目的地」也空了。不久之後，這個架子一定會被補上一些絕妙的精美圖書，標籤是「我們美麗的家鄉」、「德國的自然環境」和「穿著傳統連衣裙和皮褲去尋找地方美食之旅」。

我誇張嗎？我當然誇張，而且很誇張！但是國家另類黨更誇張，而且一直在做誇張的事！

只是沒有人覺得不好，大家對侵略性喊話都習慣了、麻木了。但是我不！絕不！而且我不是唯一一個。

我應該把這段錄影交給警察嗎？但是我手上的證據真的很少。老先生和史塔克並沒有具體的交代，這些可能是一切，也可以是什麼都沒有。安東任務的具體內容，稍後他才會得到，而且他也沒有被強迫去做什麼。

況且我也不知道，這一切到底是官方的還是不是。這個新國家另類黨到底是什麼？背後是誰？國家另類、舊另類、超級另類，到底有多少納粹另類啊？

反正統統是納粹。另類究竟是什麼字眼？好像只存在一個另類，只有這個另類有正確的路線，唯一的真理。父親在國家另類黨當選之後不久，曾跟我說：「如果有人宣稱，他認識唯一的真理，你得趕快離開，跑得愈遠愈好。」真是聰明！雖然如此，我的父母還是留了下來。

現在還是先等一等吧，等看看事情會怎麼發展，尤其是安東這邊會如何，在我行動之前。

安東應該早就有心理準備，遲早他會需要到監獄來探訪我。他幾乎每個小時都要提醒我一次「你的評論太危險」，或者只是「注意言行」，或者直截了當：「諾亞，閉嘴！」除了他，沒人可以對我這麼說話。

他和他的母親站在我們家門口，那個時候我們是剛剛擺脫尿布的年紀，感受到沒有尿布的生活多麼美好。我們那時三歲，大部分事情都是我的父母告訴我的，我能記得的，只有一些個別的畫面，例如我們在我房間裡的地毯上坐著，警車從外呼嘯而過。

安東和我之後從小學一年級到四年級都坐在一起，這段時間我比較有記憶，我們一起做的所有傻事，我都記得。我記得學校的火警鈴響！所有的人都集中到操場，我們達到目的——不用上數學課了。沒有人想到是我們拉的警鈴，如果被抓到才叫做了壞事，不是嗎？

我們兩個都沒有兄弟姊妹，孩提時候，我們對彼此來說就是手足的存在。當他家裡的情況愈來愈糟糕時，安東大多數都待在我家。

他的父親不知道從什麼時候開始往牆上摔東西，盤子、瓶子，基本上就是一切他拿在手上的物品都可以扔。每天他的家裡都在爭吵。

當他母親終於把他父親掃地出門之後，我也可以去安東家過夜了。我們三人坐在桌邊吃晚餐，他的母親會喝掉半瓶紅酒，然後消失在她的睡房裡，我們可以在客廳裡看電影直到深夜。然後不知道何時，我們察覺對彼此的感情比友誼還要深。

夠了，不要再緬懷過去。現在是晚上七點，在這個時間點，軍營裡不是在玩電腦遊戲，就是在喝啤酒，或者一邊喝酒一邊玩遊戲，是一個玩消失也不會被發現的好時機。

若拿得到一張軍護處的醫生證明，我就能夠以例外的情況離開軍營。如果走運，今天值班的會是那個漂亮親切的醫護，如果倒楣，就是灰婆婆值班。

「進來！」

聽到聲音，我心裡燃起希望。值班的是漂亮的醫護，她在這裡工作，我猜是因為在軍隊裡讀醫學很便宜，加上她不怎麼喜歡國家另類黨。

我進門後站在她的桌前。

她頭都不抬，在電腦裡寫東西。

我臉上裝出「我真的好難過」的表情，「痛——」

「諾亞！現在是周一晚上。」她看都不看我，繼續在鍵盤上敲敲打打。「周一不是裝病的好日子，每個人今天都想回家，繼續睡在家裡的暖被窩裡。」

我承認，我已經來過這裡幾次。大多數時候我們會聊一下國家另類黨。我不是國家另類黨的粉絲，這點在她面前通常是加分。至少到今天為止，一直是如此。

她站起來，走到窗戶旁邊。

「你要去參加示威，還是有什麼其他的事？」她嘆氣。「一天！」

「什麼？」

「我給你一天病假，明天晚上回來報到。」她在一張紙上嚓嚓嚓地寫了一些字，然後蓋上大紅印，遞給我。

手上握著這張證明，我膽子大了一點。「我還可以問妳一件事嗎？」

她沒有回答，眼光從電腦螢幕上移開。

「妳也對國家另類黨沒有好感，對不對？為什麼妳要幫他們？」

「幫他們？我是在軍隊裡工作，跟你一樣。」

「不一樣，我是服兵役，強制的。」

她搖搖頭，注意力重新回到鍵盤上。

我走向門口。

她說得很輕，但是音量足夠被我聽見：「你的想法太簡單了。」

我轉身朝向她，「妳是什麼意思？」

「國家另類黨的作為，你覺得太極端。」

「沒錯。」

「根據你的看法，他們把一切簡化得太厲害。」

「對。」

「他們只看一個面向，非黑即白，沒有中間地帶。」

「正確。」

「諾亞，」

「怎麼了？」

「我在這裡工作還沒有很長時間，但是你在我這裡是常客，我們每次都會聊聊。」

「是又怎麼樣？」

「諾亞，你知道，你自己也是這樣的嗎？」

十分鐘之後我站在公路邊，當然還穿著軍服，這樣才搭得到便車。不過，前提還是得先有車經過。終於，我看到車燈。

我伸出拇指，一輛銀色的歐寶停下。方向盤後面坐著一個大約六十多歲的男人，禿頭，戴著厚厚的眼鏡。看樣子，這趟車程應該會很舒適。

高速公路上他把收音機音量調高，以迪斯可的音量播放鄉村歌曲。

我謹遵搭便車的黃金戒律，什麼都要無聲地忍下來。

至少這樣我就聽不到旁邊車子經過的聲音，感謝國家另類黨的德政，高速公路上的速限不復存在。幾萬的一群白癡保證一定是因為如此，才把票投給新納粹。

我們經過工廠，其實已經成了廢墟的工廠。幾年前這片地區光景看好，為什麼？在平原上做什麼最好？當然是豎立風車最好！為何不就在這裡建造測試這些機器，然後賣到世界各地去？當我去年開車經過這裡時，整條天際線都在閃紅燈，風車一座接著一座。可是國家另類黨居然刪減了補助金，工廠紛紛倒閉。為什麼刪減補助金？因為黨不認可可以恢復補充的能源。地球暖化效應？根本沒這回事，就這麼簡單。

我們一起同行的旅程在一個加油站旁結束，載我的車主要繼續往海邊去，而我必須在下一個交流道下高速公路。

我從一輛卡車換到另外一輛，問了一個又一個司機，已經十五分鐘了。在這個時刻還在路上的，很明顯的都是男人，而他們都是要去海邊的。

找不到人載，算了，我自己就順著公路邊緣走下去吧，也許半途有人會因為同情我而停車。

沒有車停下。

半個小時後我就走到了交流道，我走捷徑穿越一片潮濕的草地，笨重的軍靴總算有點用處。

我走在一座橋上，村子裡的街燈已經在地平線上閃爍，一輛空的貨運車嚓的一聲在我身邊停下，應該是讓我搭便車的邀請。

我打開車門，朝上向那個剃了光頭的苗條男人望去。

「Strastwoi!（你好！）」他打招呼。

一個俄國人，自我介紹名字是伊戈爾。接下來的里程會很有趣，我和安東在高中時修過俄文。

伊戈爾敘述他的夜間行程，他運送報廢的車子。

我對村子裡的汽車經銷商有點記憶，「我覺得，要做生意的話你來晚了。」

「什麼做生意！朋友！我今天要去一個朋友家過夜。」

「俄國人嗎？」

「他娶了一個德國人。」

巨大的擋風玻璃前掛著一塊方巾，方巾上的編織圖案令我想起普丁、川普、勒龐，當然還有我們總理。國家另類黨的首領也在上頭滿足地咧開嘴，跟他們所有人肩並肩站在一起。

直到剛剛我還覺得這個俄國人很可親。

我手指著方巾，還沒問出口方向，前方轉彎處轉進來藍色的燈海，他們正對著我們駛過來。

伊戈爾緊急煞車，並靠路邊停下來。兩輛警車——警備車開過，五輛貨車跟在後面，小小的車窗有好幾打，玻璃都是加深的暗色。

「犯人？」伊戈爾問。

他會喜歡我的回答，就像他方巾上所有的人的一樣。

「一定是難民。這邊沒有監獄。」

「但是有難民營？」

「沒有。很多難民住在社會福利屋裡。」

「社會福利屋？」

「那裡住的是錢不夠的人。」

最後一輛貨車終於也過去了。

就像運輸核子廢料，他們也只在深夜行動。這種車隊最好不要被人看到。大卡車後面還有四輛軍用越野車，像這種車每一輛至少重五噸，據說可以駛過地雷區，坐在車裡面的人不會有損傷。

我稍稍坐低身子，雖然知道這些同志中也不會有人來問，為什麼我大半夜跟伊戈爾坐在這裡，而不是在軍營裡。越野車裡裝設了機關槍，他們真的覺得這裡會有暴力反抗？會有示威這類的活動？會有解救行動嗎？還是他們只是展示強權？

五分鐘後，伊戈爾停在安東母親居住的水泥建築前。

廚房的窗戶還亮著燈光，但我可以不用懷著罪惡感，畢竟已這麼晚還來按電鈴。這個房子我很熟悉，就像到自己的父母家。我的父母在我和安東開始服兵役後，才搬到海邊。在這之前，我們住在離這裡不到五分鐘遠的房子裡。安東一直住在這裡，先是跟父母一起，然後只有跟母親。

房子旁邊的公車站牌貼著一張海報，上面是一個三十多歲的男人和一個稍微年輕一點的女人衝著你笑，兩人身前站著一對掛著相同微笑的男孩和女孩。幸福的微笑原來長這樣，誰能說不是。

爸爸辛勤地在辦公室工作一天後回到家，他的屁股一定因為長時間坐著所以還在痛。女人沒有穿圍裙，但是一整天絕對是在廚房度過的。在這充滿微笑的一家子下面寫著四處放送的標語：「勇敢回歸傳統！國家另類黨」。

從國家另類黨贏得選舉後，有軌電車的車身便貼滿這種海報。當然選舉那時，海報上還有其他議題。

例如說，照片上會展示從不同國家來的人，或者只是不是白人的德國人。下面是大寫字母：小小的攪混。真好笑，地球上百萬年以來除了攪混還有其他的嗎？

「哈囉？」安東的母親聽起來很清醒。

「我是諾亞。」

「諾亞？」門嗞的一聲。

我掙扎地爬上三樓，才意識到我有多疲倦。

安東的母親身穿藍色的制服，站在門框裡，衣服上的Security（保全）字眼會發光。

「怎麼了？安東發生什麼事嗎？」

「沒有，沒事。」我擁抱她一下，我們的制服在接觸時因為摩擦嗤嗤地響。

「一切都好？」

「一切都好。」

她把我領到廚房，從冰箱裡拿出一個小鍋子放到火爐上。「雞湯。」她說。這不是問題，我肚子永遠是空的。

她切下一大厚片的農夫麵包放在木盤上，跟自己做的香料奶油一起放到桌上。

我腦中浮現外面屋前那張海報。

「你剛下班還是要去上班？」我問，並且張口咬了麵包，在湯熱好之前。

「馬上要去上夜班。」她說，「安東好嗎？」

「很好，真的，但是他接下來幾天可能無法常常連絡。他們送他去參加一個額外的訓練。」

「這件事他沒告訴我。」

「很臨時的決定，剛好有一個缺空出來。」我希望她可以稍微以兒子為傲。我絕對不會告訴她那個祕密任務的，她會嚇死。

「所以安東拜託我幫他寄一些東西過去。」我得即興發揮，而比這個更好的理由我想不出來。

「我也可以幫他寄啊。」

「他要一些電腦的東西，從備份硬碟裡拷貝遊戲，然後還有隨身碟……」

「好好好，這些你才是專家。」安東的母親看了一下手機。「我得走了。」

我想站起來告別，但是她把我推回椅子裡。

「不用客套，你跟家人一樣，不需要拘泥這些形式。而且我還有一個好消息：安東的床套被套是新換的。」她將熱騰騰的湯在湯盤裡裝滿，遞給我。「早餐我會帶小麵包回來。」

「我煮咖啡！」

她走了以後，我開始喝湯，一邊看牆上掛在相框裡的照片。每一張照片裡都有安東，他現在不知道如何？在邊界的另一邊，波蘭？

帶著填得滿滿的肚子我進了安東的房間，把窗簾緊緊拉上。我在書桌前坐下，開始我的工作。我為什麼人必須在這裡，當然是有原因的。

8 法娜

波蘭，終於到波蘭了！離德國的邊界據說只剩下半天。至少接引的人是這麼宣布的，他叫自己杰克。他宣稱只要半天即可抵達，他的意思是指如果坐車的話，但是我們沒有車，目前還沒有。

三天以來我們都睡在樹林裡，我們總共是六十一個人，四十九個男人、八個女人、四個孩子，來自你能想像的各個國家。斯洛伐尼亞的蛇頭將我們移交給一個波蘭的蛇頭。波蘭蛇頭重新再跟每個人收取二千美元，付的是到德國的「車」程。因為在等車，所以我們現在都在這個樹林裡。

輪胎吱吱在響，公路離得不遠。這是我們的車子來了嗎？

「Yalla!（哈囉！）」公路那邊有人在叫，「Yalla! Yalla!（哈囉！哈囉！）」

杰克從營火邊跳起來，揮舞著手臂跑向公路。

十個男人朝我們過來，沒有人大於二十五歲。他們身負背包、旅行袋、睡袋以及捲好的鋪蓋。

原來並不是會帶我們離開這裡的司機，只是更多像我們一樣的難民。

「敘利亞人，這些人都是從我的國家來的。」我旁邊一個女人說。她叫來她的先生，然後一起過去加入新來的人。

現在我們是七十一個人了。到這個杰克覺得錢賺夠了之前，還會有多少人要加入？什麼時候才終於要往德國出發？

「法娜！」他叫。

我可以猜到，他叫我要幹什麼。

新來的一個人身上有繃帶，而繃帶只有在邊緣還是白的，其他部分已經染滿鮮血和塵土。

「我的名字是阿里。」他說。

我的名字他已經知道了，杰克叫我的聲音不會有人沒聽見。阿里很緊張，連珠砲般地說個不停。他英語說得很好，好險。

阿里和其他人是從北敘利亞來的，他們要逃離的事情很多：軍人獨裁、反抗軍、伊斯蘭聖戰士等等。

阿里的繃帶緊緊黏在傷口上，繃帶必須全部換掉。我只好狠地扯，阿里咬緊牙關。

繃帶還沒完全解開，他又開始說話了。

逃難途中，噴氣式戰鬥機對他們掃射，「不知道是哪一國的。」在這次射擊中，他們這一群死了十個人。但是他是在土耳其邊境受的傷，那裡有一個士兵向他們開火。一個土耳其人！他們根本沒料到，他們以為在那個邊界他們是安全的。

我的眼睛巡視營地，現在要用什麼來包紮這個可憐的傢伙？

阿里發覺我看著傷口的眼神有多擔憂，「沒事的。」他說，想要用笑容縮小傷口。

我站起身，把解下的繃帶丟進營火裡。當我回來的時候，阿里的臉色變得很蒼白。他可能幾天以來第一次看見自己的傷口，他的傷口有膿、發炎、骯髒。

但是這裡什麼都沒了，沒有紗布繃帶、ＯＫ繃、藥品或者消炎劑。當然吃的、肥皂或者其他什麼也都沒有。我們已經耗盡一切物資。

「等一下。」

「妳要去哪裡？」阿里顯然不想和他的傷口獨處。

我在找沙瓦。沙瓦是昨天加入的，在營火邊他跟我們講述了他如何從南蘇丹到達這裡的故事。聆聽他的故事的人，是懂英語的人，和還聽得下這種逃亡故事的人。畢竟，這裡每個人隨身都帶著自己的惡夢。

沙瓦還沒坐下，就已經從背包裡拿出酒瓶，傳遞給大家。這讓他受某些人歡迎，但某些人對他的看法就沒那麼好。

沙瓦躺在睡袋裡，正在打瞌睡。他想自己一個人安靜，但是現在情況不允許。

我在他身邊的地上跪下，「你還有酒嗎？」

「你那是什麼偏見！你們厄立垂亞人都以為隔壁的蘇丹人每個都是酒鬼？」

「沙瓦，拜託……」

「那是最後一瓶了。」他巡視四周，「誰需要這種東西？」

「一個受傷的敘利亞人。」

「新來的？所以敘利亞人也以為，那個睡袋裡的蘇丹人，他有酒。」

「不是，他又不認識你。」

阿里看到我，顫巍巍地朝我們走過來，傷口裂縫又紅又黏。

「我去拿酒。」沙瓦跳起來說。

這道傷口已經無法真正的消毒了，我只能清潔一下表面。傷成這樣很容易馬上轉成敗血症，阿里需要一個醫生。我不用說，他自己也知道。

他在一棵樹下坐下，頭靠著樹幹。他要維持張開的眼睛，真的很困難。

沙瓦給我一件白色的上衣，看起來是乾淨的。阿里微笑，總比沒有好。我把衣服撕成一條條，綁到清潔好的傷口上。

沙瓦把酒瓶湊到阿里嘴邊。他半睡半醒地搖頭。

「老兄，喝幾口吧。」

「Haram!」阿里說。但是沙瓦一點也不肯放鬆，阿里才把阿拉伯文翻譯成英語說，「禁戒！」

沙瓦聳聳肩，坐回營火旁。「那我幫你和你的手臂喝！」

「餓嗎？」阿里一行中的其中一人問我，他指著樹林邊緣。

一輛車停在那裡，但是對七十一個人來說，車子太小了。車子的後車廂是打開的，這些人是來賣東西的，都是波蘭人。他們不會去警察局告發我們，在我們身上他們可以賺太多錢。夾火腿的麵包十歐元，一瓶水五歐元。我們在這裡是非法居留，當然不能去超級市場採購。

我掏出貼身的錢包，數一下卡拉給我的錢，還剩一五〇美元。一五〇美元不算什麼，我必須節省，所以我對他搖頭。

敘利亞人遞給我一個夾奶酪的麵包，把一瓶水放在我身邊。他同樣也給沙瓦一個麵包和一瓶水。他自己則不吃也不喝。

我留在病人身邊。阿里混濁的眼睛看著我，我把手掌放在他的額頭上，他發燒了。我給他水，他不喝。

「Haram（禁戒）！」他說。
「禁戒？因為我是女人？」我的聲音聽起來一定很憤怒。
「不是，不是，」他微微一笑，「Ramadan（齋月）。」
我想起薩米娜，她在大齋期的時候雖然也禁食，但是只有在父母看得到她的地方。她的丈夫禁食嗎？她會和他一起禁食嗎？
我想起來我跟薩米娜學到的事情，我手指阿里的傷，「生病的話，你可以吃喝。你甚至在發燒，你必須喝水。」
「我沒有生病。」他揮手擋我的水。「這只是小傷，我甚至不覺得疼。」
這個阿里開始有點煩躁。我把手放到繃帶上，往下壓一點。
阿里大聲叫出來，其他坐在營火邊的人朝我們這邊擔心地張望。
「還是有點痛，不是嗎？」
他拿起水瓶，「妳是一個好醫生。」
我剛剛要說我不是醫生，我們就聽到一聲大喊。
「來，大家。來！來！」是接引人杰克在叫，「我們現在出發。來！大家！」
沙瓦朝我們這邊走過來，「他在我們這裡賺的錢夠多了，為什麼不投資一點在英語課上？」

我們以為杰克要我們再繼續深入樹林，換地方也許比較安全。

但是他揮手叫我們往公路去。

終於！我們的車子來了！我們要去德國了！

我興奮地收整我的旅行袋，阿里由他兩個同伴扶著。「到了德國，你必須馬上去看醫生。」

沙瓦將一條滿是坑洞的被子扔到火堆上。

一輛小貨車在樹林停車場上停著，根本沒有很多輛，僅有一輛迷你小貨車！車子上了白漆，外殼畫了一支被插著叉子的大香腸，除此之外，還畫著一隻白色的雞，正瞪著我們。

這輛車令我害怕，在白色的雞下面寫著斯洛伐克文的地址。

「是一輛冷藏貨車，原來。」沙瓦說。

「對我們是好還是不好？」我問。

「不管好還是不好，都太小了。」阿里說。

「我估計，大概十五平方公尺。」

沙瓦是建築工程師，他在這方面眼光很準確。當蘇丹的內戰又白熱化後，他只能選擇打仗或者逃走。

新的蛇頭將貨艙車門打開，固定所有一切的是堅實的鐵棍。我很不喜歡，在裡面的人想要出來的話，只能靠外面的人願意開門，我們等於是被監禁在車裡。

第一批人爬進車裡，沒有人知道，是不是還有第二輛卡車會來，也沒有人想繼續在樹林裡過夜。

沙瓦靠近我，「我們等別人都上去後，我們再進去。靠在車門前站著比較好。」

「如果有什麼事的話，你打得開這個車門嗎？」

「當然。」

「從裡面？」

「沒問題。」

打死他也不可能辦到的，我為什麼要逼他說謊？

現在一定有超過五十個人站在貨艙裡，再也裝不下了。司機敲打著巨大香腸的照片，「來！來！人們！警察！警察！來！」這個人去上的英語學校一定和杰克去過的一樣。他跳上貨艙，嘴裡繼續一直「警察，警察」。他從一個男人那裡扯過來一個背包，把它放在腳下。大家明白，他要什麼了。所有的人紛紛除下袋子、毯子、睡袋，放到腳下站在上面。的確會搖搖晃晃的，但是這麼窄，沒人能有空間跌倒，司機很有經驗。

三個人還站在外面：沙瓦、阿里和我。

「我不想要進去。」我說。

「沒有人想進去，現在這不是重點，重點是我們得趕快離開這裡。」

我們只能爬進冷藏貨車裡，門砰的關上，突然漆黑一片。

其實很合邏輯，但是大家還是嚇到。猛地一震，卡車開動。

沒有人有手電筒，我的手機電池早就乾涸。阿里和其他敘利亞人的手機都還有電，證明他們前幾夜不是睡在樹林裡。

「關掉吧，」沙瓦說，「也許等一下我們會需要亮光。」

阿里用阿拉伯文大聲說話，手機的亮光一熄滅，我們又重新身處黑暗中，四周黑暗又靜寂。

我們馬上就成功了，只要再撐過半天。

車裡太熱又沒有空氣，大家交談時，聲音都很輕。通風裝置達達一直在響，但是當然不夠。這裡面的空間本來是放置沒有生命跡象、亡故的雞肉，而不是七十一個人，對七十一個活著的、在呼吸的人，通風裝置怎麼可能有用。

一個小時過去之後，尿騷味出現。小孩當然首先忍不住，再一段時間，大人也一個一個開始。我們無法坐下來，空間只夠我們站著。忍不住了，就直接往下流。我們在黑暗中，還有比這更糟的。

「亞米拉！」一個男人大叫，「亞米拉！」

阿里打開手機照明，我只見站在我面前的男人和女人，汗如雨下、臉色蒼白。

「亞米拉！」

亞米拉我在營火邊認識的，我們這一群裡沒有很多女人。我不知道她被擠在哪裡，我有預感，我的名字馬上要被喊叫了。

「法娜！法娜！」

大家縮小身體讓我擠過去，把我推到一個角落，喊叫聲來源的角落。兩個敘利亞人拿著手機往那個方向照。我看到亞米拉，她掛在一個男人的臂膀上。

我去摸她的脈搏，她的心臟跳得非常快，她的心臟在努力將更多的氧氣送進血液循環裡。稀薄的空氣和炎熱，有水就好了，但是沒有人再有一滴水。為什麼我不將最後的一五〇美元投資在水上？

透氣口在另一邊，我們必須把亞米拉帶到那裡去，但是只靠兩個人是無法辦到的。

我拍拍一個背對著我們的男人的肩膀，他體格健勇，有一雙可以肩負重任的手。

但是他沒有反應。我再次拍他的肩，「能請你幫個忙嗎？」

他轉過來，一張僵屍一般的臉，無血色卻血流滿面，髮絲貼在汗濕的額頭上。他臉上的血應該是鼻血，他用手止住血流。他張皇地亂推，非常驚恐——我猜是幽閉恐懼症發作，而且他已經尿濕褲子。

我指指亞米拉，再指通風口。

他點頭，然後跟亞米拉的丈夫一起將她推擠過人堆。他們踩在別人的腳上，踉蹌在背包旅行袋上。

沒有誰有力氣為此生氣，誰若還有點餘力，就往旁邊挪幾公分。到了通風口旁邊，他們讓亞米拉靠在牆上。

僵屍臉沒有回到原來的位置，顯然空氣已讓他好受一點。

誰不是如此呢，在這個令人窒息的黑洞裡。

我又重新擠回門邊的空間，回到阿里和沙瓦身邊。

卡車突然緊急煞車，引擎停了。我猜，我們可能塞車了。然而，旁邊還是有很多車倏地開過去，也許是對向來車。

「警察。」我旁邊一個女人說。

所有人噤若寒蟬，千萬不能有什麼動靜、聲響，也許我們不必被開廂檢驗。

時間一分一秒過去，我感覺有點頭暈。我身邊的一個女人昏倒了。

漸漸地我明白了，其他人也是：車子的引擎一停，通風裝置當然也不運作了。

騷動愈來愈大，大家愈來愈焦慮驚惶。

我感覺再也吸不到任何空氣，我的心臟狂跳。

就是現在嗎？我的旅程將終止在這個冷藏貨車廂裡？

恐慌在我周遭爆發，我聽見哭泣的聲音、祈禱的聲音。

沙瓦嘗試將門踢開，我旁邊有一個人大叫，他用指甲去刮車壁，指甲斷裂，血流下來。另外有一個人用拳頭捶車門，造成小凹陷，僅此而已。有人用小刀去割金屬牆，只出現刮痕，沒有裂縫。沙瓦開始嘔吐，然後阿里的手機熄滅了。

無論我們在何處，我們必須從車裡出去，現在馬上。

我現在也開始哭泣，然後大叫，也許有人會聽見，其他人也加入我大叫。

在醫院裡我經常看見死亡，現在我知道死亡的感覺了，當死亡慢慢找上你的時候。

我把頭靠在車門上，有些人仍然在用拳頭敲打，我的頭隨著每一次敲打而震動。愈來愈多的人像布袋一樣癱倒。

我想起旅程前期坐船的時候，在船上也是非常擁擠，空氣很悶，很吵雜。我們不知道我們在哪裡，那是一個黑色的深夜。

在上船前一個利比亞人賣了一件救生衣給我。上船後我夾在兩百人之間坐在船底，如果真的發生什麼事，救生衣也不會救得了我的。聽說那是一艘船，這可是不正確的，其實它是在海上漂流的棺材。如果我們翻覆了，我只能和船一起沉入深深的海底。

就像現在在卡車貨廂裡一樣，我愈來愈深地下沉，直觸到海底，下面黑暗無光，沒有活物。

靜謐祥和。

所有的一切都輕飄自如。還是？咦？

那裡有東西。

光？

一條細線，愈來愈寬。

沙瓦和阿里朝著光源摔出去。「哦，我的天哪！」有人用德文喊道。我深深地吸一口氣。

我對著光一直眨眼睛。

阿里和沙瓦摔倒在某人的身上，穿著制服的人。

我後面的人一直擠過來，還有意識的人都想出去。

我摔出貨車，跌在柏油上，眼前一黑。

我再醒來的時候，已經是夜晚了。藍色的閃光令我目眩，我的頭很痛。我躺在公路邊一張鋪墊上，一個針頭固定在我的手臂上，點滴架不是生鏽的。

救護車駛來，運上傷者之後又駛走了。

一個穿白衣的女人從一個擔架走到另一個擔架，她不只量脈搏，用手電筒照眼睛，也察看沙瓦腿的傷勢。

一個小女孩戴著護頸，女醫生指揮兩個醫護人員到她身邊，這個小女孩是下一個要送醫院的。我還躺在這裡，是一件好事，表示我傷勢不重，一切都很好。

但是當我想要站起來的時候，藍色閃光在我眼前飛舞，世界在我周圍旋轉。

我在一個擔架上發現阿里，他給女醫生看了他被流彈所傷的地方嗎？

他發現了我，驕傲地高舉手臂。我看到他手臂上新的、乾淨的包紮。然後我的視線落到那張僵屍臉的身上，他臉上的血漬已經被清潔乾淨，但是臉色依然蒼白，他全身發抖，還在休克狀態。

車流經過我們，慢慢地，非常緩慢，比車子行走應有的速度慢很多。一個警察手拿發藍光的短棍，他試著指揮車子繼續按正常速度向前走，但沒有效果。

我們對德國人來說是好戲正酣，一個五十多歲的女人手伸出車窗，對著我們高舉手機，也許她在直播。她對我們猛揮手，我沒有反應，她期待什麼？期待我歡呼嗎？期待我也揮手回應？

我還掛在點滴架上，不只尿濕了褲子，全身髒臭，之前幾乎窒息。我坐在這張鋪蓋上，在等待未知。我最不想要的，就是被幾萬個人瞪著看。

舉著手機的女人走了，現在來的是一輛白色的BMW，車頂上固定著幾輛自行車。一個金髮綁兩個辮子的小女孩從車窗裡瞪著我們。德國是一個汽車展示場。

BMW後面是一輛巨大的房車，車身漆成灰色，點綴著四顆金色的星星，非常豪華。車子前端坐著兩個銀髮族，他們開去度假的車子比我出生長大、和我的父母一起生活了十八年的小屋還大。

媽媽，我想念媽媽，我的喉頭哽咽，眼裡開始蓄積淚水。我多希望能坐在父母身邊，能在家裡。還好媽媽並不知道我現在正在經歷什麼，不然她肯定會擔心得要命。

房車裡的女人把車窗降下來，她對著手拿發光棒的警察大叫。「滾！無賴，滾回去！」

警察沒有反應。

一個女警突然站在我面前，手裡拿著記事本和原子筆。「英語？」

「我們也可以用德文交談。」

她張大嘴，回頭跟其他警察說：「過來一下。」

她一說完，馬上來了三個其他的警察，我便無法再休息了。

在他們還沒開始問問題之前，我要先知道：「所有的人都活下來了？」

一個警察點了頭，「總共七十一個人，說真的，能在這樣的貨車裡能活下來，真是奇蹟。」

然後我敘述行車過程，彷彿描述了司機和接引的人杰克的樣子。但是我很疲倦，這些警察也感覺到，他們之後就離開了，繼續去做他們的事。

9 安東

我看到那個在冷藏貨車裡跟我搭過話的女黑人跟警察在講話，我不知道，她在跟他們說什麼。車子從我們旁邊經過，大家都瞪大眼睛在看，這裡的確有很多引人注目的東西：警車、救護車，還有我們——入侵者，在公路邊滯留。別忘了，還有那輛可憎的冷藏貨車。

我仍然因為這段旅程勞頓不堪，如果史塔克和老先生事先跟我說過的話……給我一百萬馬克，我也不幹。他們得要鞭打，才能把我趕進這個冷藏車艙裡。

在一輛經過的車頂上，綁著兩艘獨木舟。有一輛房車速度慢到幾乎停了。

再往後面一些，就是黑女人站著的那裡，有一個女人從她的房車裡向外大喊大叫。我聽不太明白，但是感覺不是什麼歡迎的言詞。為什麼必須是歡迎的話呢？我們是非法的啊。

黑女人現在在跟醫生談話，我還是先閉緊嘴巴吧。我必須先熟識習慣自己的角色，可不能搞砸了。我的佯裝身分是一個逃難中、話很少的東烏克蘭人。

「為什麼是烏克蘭人？」我在彈藥庫裡問老先生。

「因為自從俄國占領了整個烏克蘭之後，幾乎沒有烏克蘭人逃到我們這裡來。邊界把守得很緊，沒有人逃得出來。」

「那為什麼我是那個幾乎逃不出來的人？」

「這是絕佳的偽裝，」史塔克說，「那就沒人會發現，你其實不是烏克蘭人，因為你不會遇到轉運你的說不定是真正的烏克蘭人。」

這次恐怖之旅之後，話少的烏克蘭人話就更少了，因為精神受到創傷，這我就拿手了。雖然根本也不用怎麼表演，在貨車裡，很多人在我眼前直接倒下。他們中有一個叫亞米娜的，我還把她拖到通風口旁邊去。只是抵達了以後，發現根本不再有空氣進來。她的先生和我守著她，防止別人倒在她身上，或者踩到她。但是我們沒有堅持多久，不久之後我們自己也踩在已經沒有力氣站著、昏倒在地的別人的身上。沒有辦法，我們不得不如此，因為根本沒有空間。

最糟的是慘叫聲，還有惡臭。

我們在彈藥庫會談之後，新國家另類黨的老先生開車送我去波蘭。從彈藥庫到樹林的車程是四個小時，但是還要坐小貨車旅行的事，他一個字都沒提，當然！

這個穿西裝的一定什麼都不知道，他只認識黨章。像這種逃難的過程實際上如何進行，他也不想知道。

我真的很生氣，很氣憤，我氣這個老先生和史塔克——他們怎麼能讓我身歷這種險境？那是一輛運送牲畜的車！而且在德國就連這樣運送牲畜肯定也是不允許的。我會死在裡面！還是他們真的能及時把我救出來？

我一開始就不應該贊成這個協議的，假裝成入侵者，神不知鬼不覺混進難民營——精神有問題嗎？而且下一步要做什麼？我還不知道呢。

這一切也許只是一個測驗，測驗題目是：他受得了嗎？他忠誠嗎？他會逃跑嗎？

我還在這裡，我通過測驗了。而現在我得喝水，在一輛救護車旁我發現一個裝著水的桶子，成疊的塑膠杯擺在桶子前面。我站起來，才發覺我顫抖得有多嚴重，我全身都在顫動，周圍的一切都在旋轉，而且有什麼東西在刺我左邊的手。惱人的、針刺般的疼痛，草泥馬什麼東西？

是點滴！點滴？我繼續往前一步，太晚才看到我拉扯著的點滴管子。點滴架倒下來往我身上砸，點滴袋掉下來打在我頭上。我想重新站起來，但是不行。天哪，我怎麼這麼難過。

當我又有意識的時候，一個女黑人跪在我身邊，真是倒楣！

「謝謝！」醫生之中有一人還這麼對她說。
「沒事，我在厄立特里亞的時候，在一家醫院裡工作。」
「在一家德國醫院？」穿著急救醫生外套的醫生問，「妳的德文說得非常好。」
「不是，但是醫院裡一個女醫生來自……」
說沒說完，但是那個醫生已經去照顧別的病人了。
女黑人捧著一個塑膠杯放到我唇邊。「你要去那裡，對嗎？」她用英語問我，「你口渴。」
我還是沒有說話。
「你要去水桶那邊。」
我啜一口。
「慢慢地喝，好嗎？」我咳嗽。
「你還處在驚嚇中，我們大家應該都是。」她把指頭放在我的手腕處，「起碼你的血液循環漸漸加速了。」
這輩子還沒有一個黑人碰過我，也不可能有機會。在幼稚園裡我們連土耳其裔的都沒有，雖然在德國有很多土耳其人，但是他們集中居住在西德和首都，在那裡聽說還有一整個班裡，連個德國人都沒有的。

在小學的時候，我班上有兩個來自車臣的小孩，他們兩個情況也還好，就是被看成兩個例外。

我閉上眼睛，也許她就走開了。

我重新感覺到這個喜歡扮演醫生的女人的手，她把什麼柔軟的東西放在我的頭下方，然後又拍了某種涼涼的東西在我額頭上。好吧，這些感覺起來都滿舒服的，她的手也是。

「……策德……請到A4號房……」廣播有點不太清楚地轉換成英語。

我躺在一個大廳裡，我是怎麼進到這裡來的記憶晦暗不明。在一輛救護車裡，我神智稍微恢復了一下，那時我聽見兩個穿白衣的人在討論。

「這個人受到精神創傷，必須被救治。」其中一個說。另一個人則說：「他們都是，所有逃到這裡來的人都是。」就這樣，討論終止。

我支起身體，環顧四周。天花板上吊扇在轉，但完全沒有作用，我因為空氣混濁而想嘔吐。

我回想起冷藏車廂裡的經歷，小心不要恐慌發作，我躺在有門的大廳裡，門開開關關，我並沒有被關在閉鎖且沒有出口的貨艙裡。

行軍床到處都是，也許有兩百張左右？我的床旁邊就是一道隔板，隔板後面我聽見女人和孩子的聲音。大廳裡到處掛著彩色的紙條，人來人往，一小群、一小群地站著、圍著圈坐在地上，說著法文、阿拉伯文和英文，或者其他語言。

好了，我到了，抵達收容所，在德國的最後一個收容營。我已經到這裡了，現在我只需要等待，直到某個新國家另類黨來分派給我下一個任務。

突然我看到阿里，在波蘭樹林裡認識的阿里。我從繃帶馬上認出這個敘利亞人，他在紅色紙張上寫著什麼。

阿里想要在我的國家幹什麼？進行一次恐怖攻擊？他也不是第一個人。他在寫什麼？希望他不要馬上發起聖戰。

「阿里。」

他沒有轉頭。

「阿里！」我叫得更大聲一點。

沒有反應。

也許他正在想著在天堂裡等他的五百個處女，這些女人可是他發動攻擊後，神給的獎勵。

他哼著歌經過我旁邊，我才看到他耳朵裡的耳機。

在營裡大多數的人來自敘利亞、阿富汗、伊朗，這是那個新國家另類黨的老先生告訴我的，還有從非洲那邊來的也很多。他講「非洲」這個詞時，好像那是一個國家。

在空調冷氣的賓士車裡，老先生告訴我有關這個集中營的事。「德國最後一個大規模的難民收容營，等到修法之後，我們也會把這個營關閉。我們不收難民了，我們不要混合的種族。」

總之，這部車是有空調的。老先生應該來這個悶熱的大廳裡坐一個小時流流汗就好，在那個貨艙裡他連十分鐘都挺不過去。這輛卡車……總是這輛卡車。不要再想了！

「……策德……請到A4號房……」

他們在說什麼？我坐起來，這裡真熱！我的T恤黏在身上。這個是……這完全不是我的衣服，有人幫我換上了乾淨的衣物。

深色的T恤上有Star War的字眼，字下面是揮舞著紅色激光劍的達斯。拜託！居然幫我穿上科技宅男的衣服。牛仔褲也不是我的，它看起來已經磨損得很厲害了。左膝蓋上有一塊藍色貼布，貼布上有白色的字：NASA。我猜，所有的衣服都直接來自衣物捐贈箱。我的背包跑到哪裡去了？

我在牆邊一個角落發現喇叭，我站起來，走到那前面。

「安東・策德，請到A4號房來。」

現在我終於聽清楚了，哦，天哪，我怎麼這麼迷糊！安東・策德，那是我啊！是我今天和未來幾天的名字。

聽的人首先要明白策德是什麼意思，姓氏通常不會被叫出口，因為個人隱私的保護。或者也因為發音太不尋常，而我的烏克蘭姓氏就是策字開始。

我四顧張望想找指示牌，但是沒有，只看到這個樓層出口非常多。有一個出口寫著：23-牙醫/Dentist。下面有小字：請先到L3號房間填寫轉診申請九號表格。下一道門寫著：B2，其他什麼都沒有。

A4號房到底怎麼去？是A4號嗎？我搞不清楚了。

走道上都是入侵者，有些人坐在地上，其他人圍著圈在討論。走廊盡頭有一道門可以通往外面，門前站著兩個光頭、穿制服的彪形大漢，是真正的德國人。

我往這兩個人的方向過去，他們腰間都掛著對講機和短棍，腰帶中間是手銬。是這樣的兩個人在這堆混亂的人群中負責維持秩序和正義，那我可以安心睡覺了。我對他們兩人點頭招呼。

一個大漢猛撞一下另一個人的手肘，「看，這個醜老外還以為自己是星際大戰裡的人。」

吸氣、吐氣、吸氣，別激動，他們是我的同僚，他們只是不知道站在他們面前的人是誰，他們也不應該知道我是誰，「Could you please...（請問……）」

「閉嘴，我們不講外語。」

我瞪著他們兩個。

在彈藥庫裡，老先生告訴了我，我在難民收容所裡會遇到什麼。敘利亞的聖戰士、伊朗來的大屠殺兇手、非洲來的慣竊、阿爾巴尼亞的騙子，但是有這樣兩個腦袋灌水的警衛，他一點都沒透露。

「你知道……」

兩個警衛中的一個逼近我，真噁心，他身上有大蒜的味道。「我——們，外語……不，你走，去！去！」

要是能直直對準鼻子的中心，打得他眼冒金星，是最好對付他的方法。我的右手準備手刀，眼睛也找好他臉上的位置，深吸一口氣。近身搏鬥，在軍營裡我早練習過幾千次了。

但是在我做出傻事之前，有人拉我的衣服。

我順勢跟著被拉走，卻仍然對這兩個白癡不知如何是好。這兩個真是一鍋粥裡的老鼠屎！我一定要跟老先生舉報這兩人，不，跟史塔克！但是眼下這是不可能的。

我轉身——黑女人的手已經放開了。

「他們沒有藍色激光劍的T恤嗎?」她用英語問。

我們站在「A4—第一次會談」門前。

黑女人敲門。

「妳怎麼知道我要到……」

「我在你褲子口袋找到你烏克蘭的身分證,你那時陷入昏迷,而他們在問,你來自哪裡。現在他們知道了,我也得知你的名字。」

我對她伸出手,「把我的證件還給我!」

她再敲一次門。「你的反應真是奇怪。」她轉身要離開。

「我的證件。」我大聲說。「嘿!」她真的把我的證件給偷走了,也許早就已經被賣掉了。

她停步。「那是好人,對吧?」我一頭霧水,她察覺我不懂。

「拿藍色激光劍的,是屬於好人那一邊的。」

「那又怎麼樣?」

「你身上的紅色激光劍和你很相配!」

「該死的,我要……」

「請摸一下你褲子的口袋。」她說完就走了。真的,我的證件在新的褲子口袋裡。

換我自己敲門。

這外面實在是太吵了，我根本聽不到，門裡是否有人反應，所以我直接把門打開。

一張桌子，有兩個人，一個坐在我對面，另一個坐在桌子的側邊，就是比較短的那一側。

其中一個人問另一個人：「在烏克蘭要敲二十次門，才能開門進去嗎？」

「Privit!（哈囉！）」那個人說，哦，所以他是翻譯。

在他說得更多之前，我假裝語言破碎地說：「我會說德語，我們不需要……」

「請坐下。」我面前那個人說。他手上握著原子筆，在我還未說什麼之前，他已經開始寫了。這讓我很緊張。

「您在哪學的德文？」

「在學校裡。而且……」我停住，他根本沒有在聽我說話。

他一直在看我的護照，掃描我的護照，看著電腦螢幕連點三次頭。這份假證件顯然是偽造得非常高明。

「一定是在歌德學院學的，對不對？他們在世界各地都有很好的課程。」

「什麼？」

「德文課啊，你一定是在歌德學院學的德文。在……在……」

「基輔。」那個翻譯和我異口同聲。

「我可以離開了嗎？」翻譯問，問問題的人揮手讓他離開。

翻譯站起來，「Buvay!（再會！）」

「再見。」我說。

他走了，留下問問題的人和我。

我可以呼吸了，在這個房間裡面，今天沒有人再有機會揭穿我。

「我們收容營裡很久沒有烏克蘭人了。」問問題的人往後靠，原子筆放在桌上。「請敘述一下，您是怎麼到德國來的？」

逃難路線我是自己背下來的。我的任務委託人和我在車子裡練習過這場訊問，一次又一次：從東烏克蘭到白俄羅斯，從那裡到波蘭。老先生熟知所有的問題，也知道怎麼回答。雖然我不知道他從何得知這些，但是起碼他準備工作做得很足。

我的訊問者將原子筆插進襯衫口袋，走入了隔壁的房間。

老先生跟我解釋過，為了將過程縮短，只有這一次的訊問。有希望得到居留許可的人，之後會好好再詳細問一次。證件必須上交，再繼續被審問等等。

隔壁房間傳出蓋章的聲音，我猜測我應該是被拒絕，但是這也在意料之中。無所謂，我反正不應該在這裡停留太長時間。

問問題的人坐回來，蓋了章的文件被他攤開在我和他之間的桌面上。他大聲讀出來：「茲在此拒絕您的難民居留申請，因為您是途經其他安全國家入境德國的。」他抬起眼看我一下。「波蘭是安全的。」他用雙手把文件推給我，「您會被送回那裡。」

「我什麼時候會被遣送？」

「很快。」

呼，這一關過去了！

外面我的新影子在等。「順帶一提，我的名字是法娜。」

「關我啥事。」我沒有停步。兩、三步之後，我愈走愈慢。為什麼我要對她態度這麼不好？她幫了我，不只一次。但是打斷一個已經固定的角色真的很難，我真的很想大大地喘口氣，在角色之間休息一下。

「妳到底想從我這裡得到什麼？」我問。

「沒啊！我……我……在這裡不認識任何人，我們不是一起來的嗎……」她結結巴巴地說。

唉，又不會怎麼樣。我對她伸出手，「哈囉，法娜，我是安東，妳早就知道的。」

「喔哦，糟了！」我身後有人說。

我不必轉頭，這個聲音是兩個警衛其中一個人的。「這個醜老外的手要髒掉了。」

法娜沒有說話。我努力控制自己，假裝聽不懂。

是的，法娜不屬於我的德國，阿里也不屬於此地。但是我最想遣送出境的，是這兩個白癡警衛。

10 諾亞

「你說什麼？」父親問我。

當然他聽懂了我說什麼，他只是不能理解。

他緊緊抓住咖啡杯，望向我的母親。「妳怎麼看？」

我母親那邊眼淚已經開始聚積，但是她勇敢地挺住。她緊緊握住我的手，幾乎像慢動作一樣地點頭。「諾亞要做的是對的，如果他要潛入地下。」

我們坐在一家離家幾百公尺遠的老人咖啡館裡，年邁的泳客一匙一匙舀著奶油蛋糕，看著大海，最重要的是，他們沒有在注意我們，而且我能夠不被看見地來到這裡。雖然國家另類黨在城裡裝設了大量的監視器，但是沿著海岸這一帶，到目前為止還是倖免於難。只有少數人才會想穿著泳褲和比基尼的時候被拍攝監視。

我不知道軍隊會付出多大的代價去抓一個逃兵，也許軍隊裡在國家另類黨那邊也已經得知，這幾個月來我還做了什麼。只要他們有一點點懷疑，臉部識別軟體就會日夜運作，只要街頭監視器一個鏡頭，他們就能知道要到哪裡去抓我。

父親一點都沒碰他的咖啡，「你要去哪裡呢？」

「暫時去朋友那邊。」

我的父母明白，這代表什麼，便沒有再繼續問。而且他們也知道，為什麼我必須在鏡頭前消失一段時間。

「我們能夠怎麼幫你嗎？」父親問。

咖啡館的廣角景觀窗前，三個警察走過去，身上都帶著機關槍。他們一直走到海邊，在海邊沿著沙灘巡邏。他們走過空著的沙灘椅，走過幾個玩沙的、穿著厚夾克的孩子。天氣太冷，風又太大，不適合來海邊游泳玩耍。海上的遠處，巡邏艇的金屬在閃閃發光。

「這些裝備要花多少錢啊！」父親激動地說。他把他的咖啡推到我面前，我很需要這第二杯。「好像難民船會翻覆在波羅的海這邊似的！」

「這個咖啡館裡很多人應該會喜歡這樣。」母親環顧四周的白髮老人，「很多人被新聞嚇得魂不附體，街上的警察讓他們感到被保護得很好。」

什麼新聞！都是假的！不論世界上發生什麼事情，國家另類黨都會把它轉為己用。

不過是上周的事，有一則新聞被點閱百萬次。這則新聞報導說一個男孩被一個回教徒嚴重虐待，因為他有一雙不信神的眼睛——藍眼睛！就因為眼睛是藍色的！附圖是一張小男孩的照片，可憐的孩子，他看起來真的很糟糕。網路上鬧得沸沸揚揚，後來不止在網路上了，很多城市的清真寺都因此被縱火焚燒。

直到事實被澄清：小男孩的故事和回教徒沒有關係，他是被一隻羅特魏爾犬攻擊！故事裡什麼都不是真的，甚至小男孩也不是小男孩，而是小女孩。而且，那隻可惡的狗應該還活著。

問題是，錯誤的報導擴散的速度像病毒。修正後的真實故事卻無法成功地浮出表面，它只不過像輕咳一聲。這麼多的人在網路上放進亂七八糟的東西，這一聲輕咳根本一點被聽見的機會都沒有。

我的意思是，機會還是有的，只要大家能夠稍微用用大腦，更有批判性的閱讀報導。但是大家不這麼做，反而害怕得不敢出門，花大錢增設警報保全系統以及手槍。

服務生過來，我母親買了單。「禦寒的衣物夠嗎？你需要錢嗎？」

「我會沒事的。」

母親把錢包收好，「我們什麼時候可以再見？」

「當末世國度再次成為德國之後。」

「末世國度。」父親輕聲複誦。

然後我們互相告別，我離開咖啡館。我的父母在裡面等幾分鐘之後，才接著離開。

我沿著海岸一直走到下一個停車場。經過一個書報攤的時候，我買了一份地方報紙。我把報紙插進背包裡，跟一些我在安東那裡拿的硬碟、隨身碟、筆電什麼的3C物品放在一起。我試著不留下任何痕跡，不論是和安東有關的，或者和我的團體。

團裡的一個人在停車場等我。

我上了紅色馬自達車後，把報紙攤開。我的眼光落在頭條，是一張國家另類黨首領的照片，末世國度的總理。他站在一組十二支的麥克風前面，這種新聞不會刊登在小報上的原因當然是因為具批判性的記者邀請都會被取消。在附圖下面寫著粗體字：遣返所有的入侵者？

11 法娜

安東在睡覺的時候所發的囈語，我聽到的時候很震驚！因為他說的不是烏克蘭語，而是純正、沒有口音的德語！

我們到達之後，他在床上發燒，輾轉反側於床榻上。因為醫生沒有時間照顧他，畢竟有很多其他的人在冷藏車廂裡受到更嚴重的傷害，所以就輪到我照顧他，幫他量脈搏、放置替換額上的冷毛巾。

我的看法？

他不是有烏克蘭護照嗎？但是他絕對是一個德國人。

安東到底是誰？他在營裡做什麼？他是來監視我們難民的嗎？來調查我們在被詢問時所說的是不是事實？也許我不引起注意地偷偷觀察他，可以知道得更多。

除了我和安東之外，只有很少的人會說德語。但是有一個字大家都懂：遣返。自從我們到達以來，我不斷聽到這個字。謠言四起，都在說政府打算關掉這個收容所，永遠地關閉。難民何去何從？沒有人知道。

在現在這種什麼都不確定的情況下，我更加想念柏林人。現在我們生活在同一個國度裡，猶如當時，當他還在衣索比亞的時候。

現在我身在他的故鄉，我們之間的距離難以置信的近，雖然到目前為止都只是地圖上的距離。

我可以用手機發一個簡訊給他。但是，然後呢？他也無法將我從這裡領出去。

尤其對於使用手機，我變得非常小心。當我到達後想給薩米娜發訊息時，一個敘利亞女人從我手中把手機奪走，「妳做什麼，他們什麼都會知道！」

「誰？」

「他們，那些可決定妳去留的人。」

然後她為了讓我信服，跟我說了幾分鐘之久的話。為了得知入侵者真正是從哪個國家來的，電話通訊錄會被拷貝、電郵信件會被閱讀、照片錄影會被觀看。

「官方人員會對手機動手腳？」

「隨便妳怎麼稱呼這件事，」敘利亞女人說，然後把手機丟回我懷裡，「小心一點總沒有壞處！」

這麼可怕，那跟薩米娜連絡就得延遲了，要等到我被允許居留，還得等我從這裡出去之後。到那時我要找一個網路咖啡店使用，但是難民營附近連個超級市場都沒有。

當然我經常想念我的朋友，我希望她和她的先生相處融洽。我一定要有一個和她不同的生活，我要自主的生活。眼下我身處在這個收容營裡，和她在婚姻生活裡一樣身不由己。

要是歐馬爾在的話，多好！我可以跟他說所有的事，說安東、說我的憂慮。在逃亡的路上，我們已成為真正的好朋友。

在這個時候，安東經過我身邊，很明顯地在想心事。他身上仍然是那件可笑的T恤，也是同樣一件NASA褲子。

「等一下，」我說，他居然真的乖乖地站住了。我很快地走回我的床位，拿了一個袋子回來。「跟我來！」

安東跟著我穿過走廊。

「我們要去哪裡？」

「一個驚喜。」

安東沒有再問。「妳的訊問情況如何？」

「還沒有被拒絕。官方那個人說，還會再進一步調查考核。」

「再進一步調查考核？妳也是從波蘭入境的，安全的第三國什麼的。」

這的確是我們所有人的問題，我們所有在冷藏貨車裡的人。我們無法偽造其他的路線，拿不出偽造的機票。畢竟是警察在高速公路上找到我們的，離波蘭邊境只有幾公里遠。他們只要計算一加一就知道我們進入德國的途徑。

「官方會有例外處理的，例如對他們來說在德國緊急時需要的專業人員。」

「為什麼他們會需要妳？」

他的口氣聽起來真的很輕蔑，如果我是白人的話，他會這樣問嗎？

「比如說我照顧病人和傷患很有一套，你忘了嗎？他們應該是非常需要醫護人員。」

他站住不動，瞪著地板，好像他要念出來的詞是寫在地板上一樣，但是地板上並沒有字。

我拉著他繼續前進，我們還沒有到。「他們在德國需要照顧病患和老人的醫護人員，你不會相信，在德國有多少老人！」

安東仍然沒有作聲。

我們轉進另一條走廊，在這裡也像在大廳裡有隔板，隔板上貼著紙條。有些人在尋找親戚、同胞、嬰兒的衣服，或者只是需要幫手機充電。有些紙條是紅色的，比如說阿里的紙條，他真的花費很大的心力。

「而且我其實完全不想做看護。」

「那妳要做什麼？」

「醫生。」

「是啊，即使是醫生在德國也一定會被需要的。」

「謝謝你的鼓勵，但是你又怎麼會知道？」

「聽說的，大多數的醫生不想去鄉下，不願在鄉村生活，但是這些地方都需要醫生。這情形不是到處都一樣嘛。」

我們來到紙條上寫著「洗浴」的門前。我把袋子壓進他的手裡，「一條浴巾和沐浴乳。」

他拿著這些東西，沒有說一句話就進去了。

我想起家鄉阿迪斯，在那裡我們沒有個人的洗澡間。如果我要洗澡，就必須穿過整個街區。阿雅娜，經營洗澡間的女人，她是一個和善的老太太。很多時候我得坐在澡間前的一個塑膠凳子上等待，等到一個澡間空出來。當然，要洗熱水的話比冷水貴。

安東剛進去，我趕快去找沙瓦。這個南蘇丹人從幾天前就開始幫忙，他在衣物捐贈處工作。

沙瓦看我一眼，「要給安東的？」

在衣物捐贈處裡，所有的衣物都還沒有分類，而且都被綁在藍色和白色的塑膠袋裡，白色的塑膠袋上印著紅色十字，相當整潔有序。我真的很想問沙瓦，他這些時間都在幹什麼。

五分鐘之後我找到幾件，我把一疊衣物推給沙瓦，裡面有襪子、內褲、一條牛仔褲和一件格子襯衫，「你必須幫我把這些衣服送進澡間給他，拜託。」

沙瓦搖頭，「沒空。」

「好，那我就自己進去男生的洗澡間。」我把門在身後重重摔上。

去澡間的路上，沙瓦趕上我，「好啦好啦，我去，我去。」

我等在澡間門前，不一會兒，沙瓦就出來了，對我豎起大拇指，另一隻手臂拿著捲在一起換下來的衣物。他把這堆衣服丟給我，一隻襪子掉出來。

我把衣服丟回給他，跟他一樣，我也不想碰這些髒衣服。這個時候，門開了，安東衝出來，胯上圍著浴巾。他手指沙瓦，「我的衣服，你偷走了我的衣服！」沙瓦手上拿著這些衣服，對安東豎中指。兩個阿里族群裡的敘利亞人過來，「有問題嗎？」

「一切都沒問題！」我說。

沙瓦把衣服往地上一丟，背過身去。

「他幫你換新的衣服。」我解釋。

安東看一眼沙瓦的背，轉身再進去澡間。不到三分鐘他又出來了，新的衣服合身地貼在他身上。地上的髒衣服，他一言不發地拾起來。

「你同意的話，我可以帶你去看衣物捐贈處在哪裡。」我說。

「Salam aleikum（妳好），法娜！」阿依夏在衣物捐贈處對我們打招呼。她是從馬利來的，每天晚上她在這裡將新送達的衣物按照鞋子或者衣服分類。太好了，沙瓦的值班結束了。

阿依夏和我兩個人分睡一張床，因為這裡床不夠。其實不只是床不夠，食物也少得可憐，而關於衛生方面……說真的，我的想像並不是這樣的，在德國居然會有這種情況……

阿依夏的孩子分睡一張床，在離我們幾公尺遠的地方。他們是坐飛機到達的，不是經過波蘭邊界。如果他們被遣返，那就是直接送回去他們的母國，這樣也沒有比較好。

「你穿幾號鞋子？」阿依夏問。

安東回答之前，她就丟出幾雙適合搭配他格子襯衫和褲子的棕色鞋，扔到他腳下。

「沙瓦在哪裡？」我問。

安東也許想跟他道歉。

「沙瓦？現在跟阿里一起工作。在阿里巴巴。」

安東瞪大眼睛看我，「阿里巴巴？」

「你識字吧？你沒看阿里的紅紙條上寫什麼？」

「阿里的紅字條？當然有看到了，他在營裡到處貼上紅紙條，但是我又不懂阿拉伯文。」

「為什麼是阿拉伯文？」我從褲子口袋裡掏出一張這樣的紅字條，拿給安東看。他看起來真的非常驚訝，因為紙條上寫的是英文。「你以為他用阿拉伯文呼叫聖戰？」我笑他。

安東不笑，「他不會是第一個，不是嗎？」

我把紙條上的字讀給安東聽，「需要車嗎？來阿里巴巴就對了。」

「阿里巴巴？」安東複誦，好像在猜謎秀裡要解答百萬獎金的問題一般。

「……和四十大盜。」

「這和車子有什麼關係？」安東問。

「可能……因為念起來很順口吧。」

「車子，這裡，在營裡？」

「不是很有意思的主意嗎？」

「他車子是從哪兒來的？」

「從他的四十大盜那裡來的。」

安東無奈地笑。

阿里的手滿是油污，朝我們迎出來。「Ahlan wa sahlan!（歡迎！）」

安東和我疑惑地對望。

「是阿拉伯語，意思是：歡迎，歡迎！」

他的腰帶上掛著兩支螺絲起子、一支錘子和其他我就連用母語也說不出來的工具。

他的車廠修建在衣物捐贈處和晾衣處之間，所提供的貨物很簡單明瞭：兩個裝滿生鏽零件的塑膠桶、一個裡面是螺絲的桶子，以及在兩個木箱和一塊板子組裝成的結構物上立著的一輛沒有前輪、上下顛倒的腳踏車。

安東四處繞行，還在尋找所謂「車子」的蹤跡。

「絕無僅有的便宜好貨！只要十馬克！」阿里指著他前面的獨輪車說。「也可以用歐元哦。」

好像歐元這種貨幣在德國還流通似的。

安東搖頭，真是掃興鬼！他不知道，這一切對阿里來說多麼重要。

「十馬克真的好便宜啊！」我說

「前提是你還得找到適合的前輪。」

「阿里以前是修理汽車的師傅。」

「那又怎麼樣？」

「他一定得動手做一些什麼，不然在這裡會瘋掉。」

安東聳聳肩。

「阿里在敘利亞家裡被抓走，那是白天的時候，讓每個人都能看到，以殺雞儆猴。然後他們把他拖到一個地牢裡。」

安東顯然不想聽，他直接走開。

我繼續放大聲音說，讓他不得不聽到。「他們把他綁在一個輪胎上，比較好鞭笞和毆打，他不能反抗。」

安東稍稍停下腳步。

「阿里以為，電擊應該是最痛苦的，尤其他們在電擊前，還用水把他的全身澆濕。還有老虎鉗，他們用來……」

安東走了。

我回到阿里那裡，「我可以用美金付款嗎？」

「沒問題！」阿里當然也收美金，他甚至也收蘇丹鎊。

「阿里，你可以過來一下嗎？」一個女人問，「我有一拖車的東西，你可以幫我嗎？」

是艾娃，我完全沒有看到她走過來。她是德國人，定期來營裡幫忙。她在這裡做事是無償的，她自願做這些。她和其他一些人在晚上的時候提供德語課程，但是這些課程我不想上，參加的人圍一個圓圈坐著，然後大聲地把白板上寫的句子念出來。

「阿依夏也在嗎？」艾娃問，我指指衣物捐贈處。

「我帶來一台縫紉機和一大袋床單被套。」

阿里從拖車上容光煥發地推下來一輛生鏽、輪胎沒氣、沒有了掛鍊的越野單車。拖車上的東西都清完了以後，艾娃對我走來，「今天是我最後一次來這裡。」

「什麼？為什麼？」

「我們不再被允許進來，任何幫助難民的行為從現在起被嚴格禁止。我剛剛好不容易說服了門口的警衛，請求他至少允許我把拖車裡的東西卸下。」

「你不能再繼續提供幫助？為什麼這麼突然？」

「今天又發生一起事件，是自殺式攻擊。他開著一輛卡車……」

「我聽說了。」

「這個恐怖份子是假裝成難民，從敘利亞來到德國的。」

「阿里也是敘利亞人，在營裡的敘利亞人很多，他們沒有一個人是恐怖份子，我們其他人也都不是！我們不能因為世界上有恐怖份子，就全部被處罰。」

艾娃舉手拂過她的短髮，把眼鏡拿下來，揉揉眼睛。

「對不起。」我說。

她能怎麼辦？當然不能。她是德語和歷史課的老師，她的女兒還生活在巴西。自從國家另類黨贏得大選之後，她就不再回國了。她感到害怕，因為她嫁了一個巴西人，她的孩子們，艾娃的孫子，不是德國人。

「國家另類黨不久就要遣返所有的人，現在這起攻擊事件之後，過程會更快。」

遣返，又來了，這個字眼。

「妳的申請結果下來了嗎？」她問我。

我搖頭。

艾娃的先生在我抵達後三天，幫我找到了合適的職位，所以他想加速我的難民居留的申請流程。那是一家安寧病院，他們急需要人手。但是沒有用，我拿不到工作許可。我的難民居留申請必須先通過才行，這是程序。不論安寧病院裡的病人如何痛苦、孤獨地辭世，國家另類黨都不管。

艾娃對我俯身，「妳可以到我們這裡來。我跟我先生談過，妳可以住在我家，有自己的房間，妳可以住到這個瘋狂的政府下台。」

「妳覺得，這一切有這麼快嗎？」

「他們自己在肢解自己。內部的紛爭、分裂、極端化，混亂籠罩。」

一個警衛朝我們大叫：「趕快離開！把您的拖車開出去！」

艾娃把車頂的紅色遮蓋扯開，拖車裡已經空了。她敲敲塑膠外皮，「一起走吧！」

「現在？」我問。

她看一下警衛，他瞪著手機。「不然什麼時候？現在是最後的機會。他們不會讓我再來了。」

我該怎麼辦？

艾娃倚靠著拖車，她把遮蓋稍微拉高——露出一條縫，大小剛好夠我鑽進去，警衛的眼睛仍然在手機上。

我一往拖車裡看，身體立即起反應：我的雙手顫抖、發汗，我感覺心臟要從喉嚨裡跳出來了，呼吸急促。眼前浮現陌生的手、陌生的指甲，它們在刮金屬牆的時候折斷。我聽見慘叫。我感覺到熱、感覺到巨大的恐懼，恐懼會在裡面窒息。

我搖搖頭，我無法上車跟她離開，絕對不行。

我再也不要進入任何一個載貨空間。

艾娃把手放到我的肩膀上。

我把手放到她的手上。「我沒辦法躲進去。載著我入境德國的卡車……」

大門的警衛把手機收起來，朝我們走過來。「好了嗎？還是要我叫拖車的來？把拖車叫來錢可是您要付！」

艾娃固定好遮篷，現在反正已經太遲了。

「女士們，我現在要叫警察了。因為安全的原因，義工不能再進來了！」

安全，我憎恨這個字眼，國家另類黨用這個字眼當成一切作為的理由。

這個男的用手拍打艾娃的車頂。

她擁抱我最後一次，上車，開車離去。

那個人再次把手機拿出來，在阿里的汽車修理廠前自拍，然後大笑離開。

12 安東

這個汽車廠真是一個笑話，而處在那堆生鏽物品之間的阿里，也令人同情。用十馬克賣一台壞掉的腳踏車，而法娜還興奮得像買到一台保時捷。她是有多麼迫切地想幫助人啊！

阿里的故事的確很慘，這我同意，因為他在敘利亞經歷過那些可怕的事。那些酷刑的做法我曾經聽說過，而現在我認識了一個在受過酷刑後活下來的人。

不論如何阿里已有差事可做了，而我仍然在等待下一個指示，真是心煩！

這個艾娃開著她的國民車，車後還拉著拖車，走了。這也是她最後一次進來，像她那樣的義工，現在也開始不准進來了。

這些人都有幫助人的病態心理，他們總是大喊：「歡迎！歡迎！」然而之後會怎麼樣，他們根本沒有想過，好人都是這樣。

諾亞的發展也是朝這個方向去的，但是我們怎麼可能讓所有的人都進來！這樣的話，德國總有一天將不再是德國人的。

只是，怎麼對像法娜、阿里、阿依夏甚至沙瓦這些人解釋這些？他們無論如何都想盡辦法要來這裡。

營區的大門口站著一個穿帽T、破爛牛仔褲、背著厚重登山包的人。他把臉面深深地埋進帽子裡，看起來不像難民，反倒像流浪漢。不過，最近幾天巴士運來的人看起來也沒有比他好多少。

這個帽T男跟兩個警衛談了一下，他們大笑，把他推進營區大門。他跌倒在地上，其中一個敘利亞人把他扶起來。

好吧，假設我可以做這個決定，我會怎麼辦？

收容這些難民……呃，入侵者？還是不收？

阿里可以獲得居留，因為他歷經那些酷刑等不幸遭遇，即使國家另類黨不會這麼想，根據法律，他必須被送去波蘭，因為他是經過那個國家到德國來的。要是我執政的話，他可以被允許得在德國任何地方開個汽車修理廠，這種東西我們永遠會有需要。他很顯然一點都不想和聖戰沾上邊。

帽T男消失在大廳裡，他必須去登記，然後他最需要的第一件事就是洗個澡。是否還有空位？即使在地板上，夜裡也是躺滿了人，連翻身都難。我的床位旁邊躺的是兩個阿富汗人，他們絕對還沒滿十六歲。他們是在我之後才進營區的，不然的話，恐怕是他們睡床，我睡地上。

後來進來的人，如果運氣好，會找到像法娜這樣的人。我必須承認，沒有她的話，我不知道會怎麼樣。在貨廂裡的旅程真的讓我幾乎無法回到現實。

但是法娜能因此被允許居留嗎？她不是想在醫院或者類似的地方工作？我認為這是一個讓她留下來很好的理由。她對醫護這類的事很在行。

我們不讓任何人進德國，是錯的嗎？有其他的解決方式嗎？幸好做決定的人不是我，而是相關機構的官員。他們對這種事比較了解。

帽T男重新從大廳出來，這麼短的時間內他一定來不及洗澡。但顯然他找到了睡覺的空位，至少他不再拖著登山包。

他好似在尋找什麼地看著大廳前的廣場，廣場上漸漸充滿許多難民的身影。

阿里用阿拉伯文叫喊著什麼，聽起來不像是友善的口吻。

一些男人直接從他的店鋪拿走木板，沒有前輪的腳踏車倒在地上，裝零件的箱子翻倒了。另一個男人正抄起金屬棒子，加入其他人。阿里在他們身後大叫，這些人把他的車廠洗劫一空！

廣場上至少集結了五十個男人，他們互相叫囂。我哪裡都看不到法娜，其他的女人也都消失了。又有一個男人叫嚷著什麼。

突然間，這些男人開始攻擊，完全不理警衛的存在，而警衛一開始也只是眼睜睜地旁觀著。一場入侵者之間的爭鬥，不知道原因是什麼。為了某箱生活必需品？為了進入衣物捐贈處？為了爭奪空床位？因為宗教衝突？可能的原因有幾千個。這幾天來一直不斷有爭執，現在終於整個爆發。也許因為艾娃被趕走，再也沒有義工能進來，所有的人都覺得驚恐無依、人心惶惶。

我所站的位置剛好在兩組很明顯是約好外面見的人馬中間，大小石塊像下雨一般，兩邊的人互相進攻，我夾在中間。

我得趕快出去！但是往哪個方向？我環顧四周時，有什麼東西噹的打在我頭上，金屬棒？我的嘴唇裂開，我嘗到鮮血的味道。

有人抓住我的臂膀，我試著擺脫他，但被另一個人一拳打進臉的中心。先把頭保護好吧，希望我能想到辦法離開這裡。突然我的小腿被踢了一腳，我跌倒在地上。然後我重新又感到臂膀被抓住，被往不知道哪個方向推。我頭上又中了一記，我趕快舉起手臂護住眼睛和鼻子。

打殺和叫嚷聲似乎減少了，有人在拉我，把我拉出危險的中心。嘈雜叫陣的聲音愈來愈小，我們踉蹌地遠離了群毆現場。

進屋的關門聲，砰！混亂的聲音瞬間完全消失，解救我的人正在沉重地喘氣。

「謝謝。」我抬起頭來說道。

阿里全身是汗，衣服上沾了血，坐在我身邊。他指指法娜，當然是她在幕後指使，不然呢！

在這裡面，我多少感到安全一點。沒有人說話，外面傳來一陣槍聲。是警衛？是警察？反正是該管事的人。

警鈴大作，至少兩、三輛救護車來了。我們傾聽著，外面的人互相叫喊。我們仍然保持沉默，直到外面也安靜下來。

「我怎麼會有這個榮幸？」我問，為了救我，阿里真的冒了大險。「為什麼救的是我？外面還有成打的難民。」

「你不屬於外面鬥毆的人群中的任何一組。」

我不明白。

阿里察覺到我一頭霧水，跟我解釋：「這個舞會你沒有被邀請！」以參加舞會的邀請來形容外面的群架，真是妙喻。「我是從醫學的角度來判斷。」法娜說。

「什麼醫學的角度？」我問。

「你受的傷愈少，醫生要做的工作就愈不辛苦。」

其實一點都不好笑，但是我還是無法控制地大笑。
法娜也被我的笑聲感染。
最後，阿里也跟著笑了。
的確不好笑，但是笑聲卻紓解了一些什麼，紓解了連日以來的壓力，我們所有人的壓力。我們上次這麼大笑，是什麼時候？
突然有人將門推開，一個褲子破破爛爛的人站在我們面前。
是那個帽T男，「Privit!（哈囉！）」他說。
這個帽T男除了哈囉以外，什麼烏克蘭語都不會說，我敢打賭。
他是史塔克。
他招手叫我去外面，在衣物捐贈處旁我們站住。
「營區裡面似乎很有趣。」史塔克說，「交了新朋友了，是不是？」
「不，不是朋友，但是……」
「跟你開玩笑的。」史塔克大笑。「有朋友不是很好的偽裝嗎？」說的也是。
「我們很擔心你。」
「為什麼？」我有那麼一下子以為，他們覺得我會跟某人告密。
「因為來這裡的路上發生的事，」史塔克解釋道。「那不完全是我們計畫中的。」

不是計畫中的？對記錄這輛恐怖奪命的冷藏貨車來說，真的是年度最保守的說法，輕描淡寫第一名。

「那個蛇頭在裡面藏了太多、太多的人，這件事我們一直到看新聞報導才知道，原先講定的並不是這樣。」

我必須極力控制自己，「有多少人會悶死在裡面，他根本不在乎。」

史塔克看看周圍，沒有人在注意我們。

阿里很專心地在找尋他失落的木板和工具，他要把店鋪重新開起來。他的臉上看起來也沒什麼沮喪的神情，他一定是在敘利亞就已習慣了將被毀損的事物重新收拾修復，然後再等著被破壞。

安全人員又重新站回他們在大門口的崗位。救護車停在那裡，法娜應該還在某處幫忙吧。

我很清楚，接下來會是：下一道命令即將出現。只有因為如此，史塔克才會出現在這裡，在這之前，就只是等待。顯然走下一步棋的時機到了。

史塔克對我耳語：「晚上十一點的時候會發生爆炸。在爆炸發生半小時之前，你必須離開營區，然後營區裡會一片漆黑。」他給我一個信封，「五千馬克，保險起見，在營區四周潛伏很多奇怪可疑的人，如果你被攔住，就付點買路錢，重要的是趕快繼續前進。」

我打開信封看一眼，真的是一大疊鈔票在裡面。「你動身前往軍營，但是先不要直接進去。你的烏克蘭護照和你的東西當然一起留在難民營裡。」

史塔克說著這一切，好像這些是世界上再正常不過的事。我的腦袋裡瞬間充斥一大堆問題：什麼性質的爆炸？史塔克是怎麼知道的？為什麼他要警告我？營裡其他的人會怎麼樣？這個任務到底是什麼任務——簡單的任務，就只是直接逃走？

我從頭開始問，「什麼樣性質的爆炸？」

「攻擊性爆炸，你不是看到了，營區裡的緊張氣氛不斷升高，他們自己反正會自相殘殺。」

「發動攻擊的人是誰？」

「一個烏克蘭入侵者，如果負責保護現場痕跡部門的人工作做得好，那麼他們就會看到，炸彈在他行軍床底下的背包裡被引爆。」

一個烏克蘭入侵者。

我的護照留在這裡。

我離開。

史塔克將炸彈藏在他厚重的背包裡偷運進來，而我是刺客。

「我就是因為這件事，所以來到這裡？」

「不是你在這裡，而是那個烏克蘭入侵者。」

「你馬上就會重新回到軍營，繼續完成你的訓練。」

「為什麼要花費這麼大的工夫？這麼麻煩？」

史塔克不耐煩地把手放到我的肩膀上，他想表達同袍兄弟的情誼，卻讓我很不舒服。「年輕人，為了關閉難民營，把難民全部遣送出去，需要修改憲法。修改憲法不是國家另類黨說了算，其他老舊的黨派也要同聲一氣，否則票數不夠，修憲的法案就不會通過。」

史塔克應該是看出，我不認為這個理由是足夠的，但是命令就是命令，命令是不容許被質疑的。

我很努力地放鬆肩膀，史塔克壓得真的很重。「但是晚上十一點的時候大家都在廳裡，而且都在睡覺。」

「正是！」史塔克說。「媒體也需要有材料可以報導，爆炸愈大，犧牲者愈多，頭條版面就愈大。炒作媒體就是要這樣！」

「這裡所有的人都要犧牲？」

「你給我振作一點！附帶損害，沒聽過嗎？你是一個士兵！」史塔克放開我的肩膀，「完成國家任務的代價是犧牲，一直以來都是如此，而且這些入侵者只會危害我們的國家！」

一個烏克蘭人是兇手，一個入侵者。入侵者對收容他們的地方做出攻擊，雖然曾經有過，但是從沒有這樣大的規模。大家就會想：又是外國人，這些定時炸彈！他們現在甚至會互相殘殺，真是反覆無常、危險萬分。然後就會有強烈的修訂憲法的要求出現，不再放任何人入境，所有的外國人都遣送出境，永遠不得翻身。不這麼做的話，德國就不再安全。入侵者的基本人權就能被完全廢除。

史塔克對著我的臉貼得很近，我可以感覺到他的呼吸。他直視我的眼睛，他能看到什麼？他從我開始服兵役時就認識我了，整整九個月。

第一個星期時他站在我身邊，當我用我的G36將一個紙模人形的肩膀打掉的時候。我完全不想停止射擊，就像諾亞上次在樹林裡一樣，只是他瞄準的是天空，而我則假設，這個紙人是我的敵人——是一個非法人，一個入侵者。

在軍營裡，結訓的那一天，史塔克和我拂曉時仍坐在已成餘燼的營火旁，其他人已經散去。當別的訓練營來突襲時，我們仍然坐在那裡，營裡其他同袍都被俘虜了。我們兩人還是冷靜地在火的餘溫上煮著咖啡。來突襲的人根本沒有注意到我們，或者他們不敢來侵犯一個軍官，儘管這不過是訓練時的遊戲。那之後，史塔克也因此好好訓斥了他們一頓。

史塔克的手又壓上我的肩膀，這次是兩隻手一起上來。他把我轉一個方向，讓我直接面對捐贈處的鐵皮牆壁，「年輕人，想想我們家鄉的未來。」他對著大廳的方向點頭，「這些人不屬於我們，我們不是……」

「……世界的社會救濟管理局。」我接完他的句子。我的語氣聽起來很憤怒，我自己可以察覺。為什麼偏偏是我在這裡做這件事？

史塔克頭一歪，自從開始服役以來，我第一次敢打斷他的話。

「會不會有什麼其他的解決辦法，可以減少犧牲？」

他沒有給答案，只是把放在我肩上的手壓得更緊，然後，終於，他鬆了手。

「附帶損害，我告訴過你了。」他望著大門，「我信任你比營裡任何一個人都多。」然後他看著我，用我從未在他眼中見過的眼神，既不嚴肅也不冷峻，而是溫暖的。「所以我選擇了你，孩子，你會大有前途的，就是千萬要小心。」他再遞給我一個信封。

我打開信封。

裡面有兩張照片。

諾亞和我在樹林裡，軍營後面某處。我們躺在柔軟的青苔上，接吻。

第二張照片，諾亞和我在我家裡，我們緊緊相擁，躺在沙發上。

「你真的應該注意一點，孩子，不然你會毀了一切，國家另類黨的眼線到處都是。你生命中真正重要的是什麼？別因為這種畸形丟掉你人生的機會。」

這些混蛋駭進我的網路相機，偷窺我們！他們知道，我和諾亞是一對戀人！我感到極端不舒服，我背靠著鐵皮牆慢慢滑下，跌坐到地上。

史塔克俯身看我，他的口氣聽起來並不憤怒，只是失望。「我們只承認傳統價值觀的家庭，傳統家庭是國家的典範。」

諾亞知道這些照片的存在嗎？他們拿這些照片威脅他做什麼？他怎麼樣了？情況都還好嗎？

「一個家庭是由父親、母親和孩子組成的。」

我們為什麼沒有小心一點？可是我們真的一直很警覺，在公共場合絕不會有身體接觸，我們是最要好的朋友，只是好朋友！在大家眼裡，我們只是這樣。只有諾亞的父母才知道我們在一起的事情，我這樣以為。

「一個家庭不會由兩個父親組成，也不是兩個母親，那太不正常，是病態的想法。你真的想因此賭上你的未來？孩子！賭上我們的同袍情誼？賭上我們的理想？」史塔克拍拍我的肩膀，想表達的應該是父輩之愛。「你別擔心，照片的事我會處理好，我們軍營裡再見。」

13

諾亞

「你的男朋友好嗎？」葇恩問道，他是我們這一群人之中年紀最大的，也是把我們集結起來的那個人。在真實的生活中，他正在寫他的物理博士論文。

我聳聳肩，「不清楚。」

「你不想念安東嗎？」蘇菲問。她是一年前加入我們這一群的。

「當然想念，想得不得了！但有什麼用？」

「安東還在難民營裡嗎？」現在連路卡斯也要參一腳。

「我想是吧！」

茱莉亞朝我俯過身來，把手放在我的膝蓋上。「你想都沒想過要跟他連——」

就在這時，拉拉走進來，所有人都安靜下來。終於！

「現在我們所有人都到齊，可以開始了。」

拉拉在一張還空著的單人沙發上坐下。

我們頭頂上有一支風扇在轉，卻只是徒勞，在這個像洞穴的地下室裡又悶又熱。

我從箱子裡拿出一瓶瑪黛茶微氣泡飲，丟給拉拉。她接住後，直接在桌角往下一叩，撬開瓶蓋。「我們先用哪個議題出擊？」

「廢除義務兵役。」路卡斯提議。「為什麼不用軍備法案？」

路卡斯是我們的庶務總管，他採購科技產品、組織我們的集會。他的父親經營一家郵購買賣電腦的商店。

「軍備法案？不是好主意！」拉拉說，灌下一大口瑪黛茶。

「我們想要打動的是什麼人？」

「所有的國民。」

「錯！」

「那是誰？」

「德國選民。」

拉拉當然說到重點上。即使我們將幾百萬的青少年拉到我們這邊，我們也達不到目的。重要的是那些能夠做決定的人，那些在選舉時手握選票的人。

「就算是選民，那又怎麼樣？義務兵役也是成人的問題，他們也是選民。」路卡斯冥頑不化。

我很清楚，拉拉所說的德國選民是什麼意思。「那些直接跟兵役問題有關的青少年不重要，十個德國人中，有八個年紀是二十歲以上的。」

蘇菲在她的電腦上打字，「有關這個我曾經寫過一篇報導。德國是一個養老院，甚至每四個人中就有一人年紀在六十歲以上。」

棻恩也接到一瓶瑪黛茶，「這些人根本不在乎我們是不是去餵大砲。」

「等一下，」路卡斯說，「這些人難道不是父親和母親嗎？這些人不會覺得無所謂的，如果是他們的小孩——」

「別的議題？」拉拉不想繼續費唇舌，在這個地下室我們已經花很長時間討論了所有的可能性，不能再花時間在討論上，我們必須將這個集會地點廢除，現在風險太大了。在法國，像我們這樣的人已經被以叛國的罪名處刑了。他們都會被關上幾十年！棻恩和蘇菲與法國這些人有連絡，相關單位只要一加一就會來找我們。我們的計畫：轉向地下。

「好，我們如何跟德國選民解釋，國家另類黨是廢鐵。哪一個議題和他們的日常生活息息相關？」

「對應全球暖化的政策，」我建議，「若不改變的話，長久下來，德國人會為此付出很大的代價——」

瞬間地下室裡掀起一陣風暴，棻恩和路卡斯怪腔怪調地喝倒采，茱莉亞和蘇菲則扮鬼臉嬉鬧。

拉拉只是用手遮住眼睛，「諾亞，你真是走火入魔了！拜託你講講別的事情好嗎？」

「我們有車子、有冰箱、有熱水和暖氣。在很多其他的國家什麼都沒有，不但如此，他們還要為我們的奢侈付出代價：極度乾旱、超不正常的天氣，全本都來。我們是氣候變遷的最主要原因——」

「阿門。」拉拉說。「用這個議題你連一個德國選民都喚不醒。」

拉拉的話大家都聽，她是領導狼群的母狼。有關電腦技能，她和我一樣都是自學的，她真正的專業是醫學。

「氣候變遷反正是一派胡言，整個題目就是一條歧路。」棻恩引用國家另類黨所謂氣候專家的話。

「太多二氧化碳根本不會有什麼損害！」外面警笛聲大作。

「哪裡起火了嗎？」蘇菲問。

我們都看著路卡斯，那是他父親的舊倉庫。

「沒有，警笛已經好幾天都這樣了，波蘭那邊也是。只要——」

「各位！」拉拉對著房間裡大喊。「我們現在真的需要一個好議題，好讓我們能夠開始行動。」

大家保持沉默，然後湯姆說話了。他整段時間都盤腿坐在一堆早就生鏽的雷射印表機上，我以為他在上面打坐，或者睡著了。

「自己的錢。」除了這句，他沒有再多說。

「你的意思是指經濟議題？」蘇菲問。

「不是，我說的只是『自己的錢』。經濟議題，這麼無聊的字眼，我還沒讀都已經睡著了。」

如指「自己的錢」，的確沒有矛盾。說到金錢，湯姆是專家。他以前曾經是銀行的程式設計師，直到銀行大規模裁減人員。

而湯姆是對的，這個議題每個人都會感興趣。自己的錢包，國家另類黨在這裡改變了什麼？

地下室裡的討論瞬間熱烈起來。

「稅法！」

「誰如果繼承了百萬遺產，感謝國家另類黨，他居然不用再繳稅了。」

「還有財產稅！財產稅也被廢除了。」

「所有的這些，對大部分的人都沒有好處！」

「只讓有錢的人更有錢……」

「成為精益國家（Schlanker Staat）！這個制度，國家另類黨也執行了。」

「對，要繳的稅的確是減少了，大家都因此高興得不得了，但是國家收入太少的話，國家也無法支出，到時候怎麼辦？意外就會發生！」

「沒錯。現在每個人都要自己照顧自己，國家沒有錢幫助失能、失業，或者生病、衰老的人。如果自己沒有儲蓄的話就完了。」

拉拉將所有的意見簡潔地總括：「Okay，但是這些聽起來也沒有多吸引人。」

「我們必須給他們看，什麼地方被節略了。」

「而且被刪節的項目涉及大多數的國民！這些國民沒有百萬遺產可以繼承，也沒有別墅。公車和地鐵的班次減少很多，公立學校裡什麼都缺，醫院設備也不會再有最新的水準，運動場所老舊不堪，博物館、音樂廳、劇院則必須關門……」

「口號呢？」

「花園有泳池，不需公立游泳池！」這是路卡斯在說話，大家都奇怪地看著他。

「國家有沒有錢做公共設施，有錢的人才不在乎。」

我覺得應該要再多想一點，我們今天分離之後，有很長一段時間不會再見面，只能互相傳送用密碼書寫的訊息。「我們需要能夠配合我們，並和我們合作的媒體。」

我看著蘇菲，她是負責和媒體連絡的。

我這句話還沒有說完，手機上就顯示了蘇菲傳來的連結。

「真的是現在？」我簡直不能置信，因為這個電視節目，每個身在德國的人都知道。「他們願意合作？」

「他們不是要合作，」蘇菲說，「他們還要更多。」

一個小時之後，飲料箱空了，所有的事也都說完了。

「大家保持連繫。」湯姆說。

聽起來真是輕鬆，好像大家沒事就可以約到咖啡館廝混似的。從現在開始，我們就只能在暗網上的聊天室相遇，直到這個「末世國度的愚蠢瘋狂」成為過去。只有到那個時候，我們才能爬出洞穴、重見天日。

現在我們必須告別，告別我們的朋友、志同道合的大家。

而我還有一個人想說再見，我必須跟他告別，沒有他，我就不會成為現在的我。這個惜別一定要！不論現在它變得有多危險。

14

法娜

安東坐在衣物捐贈處旁，瞪大著眼睛在想心事。

我走到他身邊，把他拉起來，「我有話跟你說！現在！」

安東轉身朝向大廳那邊，手揉太陽穴，「有話跟我說？什麼話？」

我指一指捐贈處，走進去，讓我身後的門開著。

阿里在旁邊、他的阿里巴巴店鋪，敲打著一塊鐵。

現在在營裡，他一根棍棒賺的錢比一輛腳踏車多。營裡的人大家都如驚弓之鳥，精神疲憊到極點。

在捐贈處裡，我眼前看到的是一個裡面裝著童書、筆和色紙的箱子。如果義工不再被允許進營裡來，明天捐贈處就空了。大家都是身無長物到達此處，一個袋子裡裝著破爛、骯髒的換洗衣物、毛掉光的絨毛玩具動物——逃難之後，剩下什麼就是什麼。

當然還有一支手機，存放家裡的訊息和照片，或者遊戲，可以轉移注意力，也用來看時間，並且抱持希望，盼著這段時間趕快成為過去，直到相關單位有消息，知道可以留下或者被遣送。就像我一樣。

但是我還算好的，我只不過才到這裡幾天，根本不算什麼。阿依夏和她的孩子們在這裡已經等待了一年半。

我看一眼外面：安東仍然失魂落魄地站在廣場上，他是如此的與世隔離。

一個阿爾巴尼亞家庭經過他的身邊，他們用我們在營裡能夠得到的，極少的食材做飯。每天只能煮一點點，卻總是邀請我一起用餐。他們是回教徒，對我來說事情也比較簡單。

衣索比亞人不吃豬肉，即使我們基督教徒也不吃。我並不篤信宗教，但是我無法忍受聞到豬肉的味道。

安東跟這個阿爾巴尼亞家庭搭話，很不巧，莉莉安娜、她的先生以及孩子們沒有人會說英語，這點也讓我在和他們共同進餐時不太方便。

安東現在邁著長腿走到捐贈處。「他們是哪裡人？」

「阿爾巴尼亞。怎麼了嗎？」

安東搖頭，「真是瘋了。」

「阿爾巴尼亞人？為什麼？阿爾巴尼亞的黑社會將這個家庭——」

「我在樹林裡看過這六個人。」安東看著這個家庭的背影。「Femije!（孩子！）」

「什麼？」我問。

「這是阿爾巴尼亞話，意思是孩子。」

安東真是讓人摸不著頭腦。「要是沒有這些阿爾巴尼亞人，在營區裡什麼都無法運作。」

他疑惑地看著我。

「他幫忙我們那些完全不知如何是好的舍監，這裡住的人實在太多了。」

安東走近我，要坐到裝著童書的箱子上。箱子已經空了，四邊和蓋子支撐不住，他一屁股跌到地上。

我必須用力克制，免得笑出聲來。「你今天不太走運哦！」

安東直接坐在解體的箱子上，「我今天運氣如何，妳不會知道的。」

「你也許稍稍還記得，我會說德語哦。」我敲敲鐵皮牆上透氣用的排縫。

安東驚跳起來，然後他首次用他的母語跟我說話。「妳全部都聽到了？」

「隻字片語罷了。另外那個人是德國人，你是德國人，一個軍人。你們到底在做什麼？」

他的臉色又像那時候在貨艙裡那麼慘白，他又變成僵屍臉了。

「你是德國人這件事，我早就知道了，但是——」我一聽到有人走近的聲音，馬上噤聲。

是阿依夏進來了，她身後跟著兩個男人。他們穿著厚厚的毛衣，這個時節這種毛衣太暖了。他們都拿著空的塑膠袋。

「阿依夏要繼續她的工作了。」我把安東拉出捐贈處，如果安東是他的真名的話。

到屋頂上是安東的主意，安東是他的真名，他說的。我相信他。

我們利用垃圾箱當踏腳爬上屋頂，他先上去，然後伸手下來拉我；我不需要他的手，我自己很會爬高。

我們在平坦的屋頂上走到中央，然後就坐在鵝卵石上。「你常常上來這裡嗎？」我問道。

「攀上這個屋頂倒是沒有，但是尋找祕密的地方我很在行。」安東久久沒有說話，只是挑撿石頭。「諾亞和我時常在這類的地方見面。」

諾亞，好美的名字。

「你的一個朋友？」

安東搖頭，「不只是朋友。」他掏出一張信封，給我看兩張照片。

現在我終於明白，剛才那個帽T所說的，什麼傳統家庭等等的。

我想起哈威，在我所居住的城區裡的一個年輕男人。大家都知道他的事，但沒有人談論，不被允許的事就不存在，好像愛就是那麼簡單的事一樣。想到哈威總是讓我感到很難過，「在衣索比亞這是犯法的，會被處以刑罰。」

「你是從衣索比亞來的？」安東聽起來很驚訝。「諾亞認為，如果再任由國家另類黨這樣下去，這種情形在德國很快也會被禁止。」

「所以諾亞是反對國家另類黨的，而你支持他們？」

「至少我認為他們幾乎所有的政策都是好的，而諾亞則認為幾乎都是壞的。」

「那你們兩個永遠都有話可說。」

安東似乎並不覺得有趣。他繼續撿鵝卵石。

「那你不覺得討厭嗎？他們反對你們做一對戀人。」我問。

安東沉默了。也許他到目前為止，很少想到這件事，或者不想要去想這件事，而把它抑制在心裡，又或者他抱著國家另類黨以後也許會改變的想法，直到帽T男出現。

安東讓鵝卵石像沙漏裡的沙一樣從手中流下。然後他敘述了他鮮為人知的愛情，以及他在軍營裡的時光，最後他說到史塔克，那個帽T男，他的長官。整段敘述中他都沒有看我一眼。

他把鵝卵石擺設成一條線，嘗試在線上再堆砌一層，看起來像一道牆。等到堆得夠高了，安東往後一躺，閉上了眼睛。

我用鵝卵石擺出波浪的線條。海洋，雖然它對我而言也是一道牆，甚至比牆還要糟糕，海洋會吞噬生命。一道牆不過是阻止人的前進，牆可以翻越，或者找洞鑽過去。海只給你兩個可能性：生或死。

我在安東身邊躺下，仰望天空。深灰色的雲朵在我們頭上推擠、遠離。在我們那邊即使是雨季，雨也下得太少，然後又是幾個月之久的乾旱。對這種情形，安東根本一無所知。

「諾亞對我們難民是怎麼想的？」

安東不假思索，「他會讓你們全部入籍。」

「諾亞人真好。至少你選擇愛人的品味是一流的。」

「法娜，這樣是不行的。我們沒有地方給全世界的人，而且整個非洲——」

「我不是整個非洲，請不要一概而論！」

「好吧，如果我們大量收容像你這樣的人，那我們德國血脈——」

「德國血脈？國家另類黨真的用這個詞？」

「這有什麼不對？當然是這個詞！」

「你的血是哪裡來的？來自你的母親，來自你的祖父母或者曾祖——」

「不要跟我談像是人類的起源在非洲這一套。」

我想念卡拉，她是因為有像安東這種人而到衣索比亞來的。他將世界看得太簡單。

「一個德國朋友曾經跟我說，德國人在眼前築起一道牆，這樣他們覺得比較安全，但是牆外仍然是一片混亂，有戰爭、大屠殺、強暴和流亡、飢餓、瘟疫、汙染的水……」

「又怎麼樣？」安東問。

「你們國家另類黨這些問題一個都不能解決。」

安東看著我，「你們的問題不能，我們的可以。」

他一定也察覺了我有多憤怒，但是他還是繼續說下去，「這是指國家另類，並不是全球另類。」

「你說話像一個獨裁者，你有什麼權利可以決定誰生誰死。你的德國因為怕死了恐怖份子，自己才變成了恐怖份子。」

安東坐起來，「你捫心自問，假設你出生在德國，你有健康保險、一個冰箱、有住房，也許甚至有一輛車，你會像諾亞還是像我？我們大多數人不願意為了你們放棄一切，這不是很自然的嗎？」

我會是安東還是諾亞？我不知道，我真的無法預設，但是這也不是一個正確的問題，我瞪著鵝卵石。

「這不重要。你是德國人，只是因為你運氣好出生在德國，你沒有為此付出任何努力。你也有可能在衣索比亞出生，難道你不會像我一樣？你會留下，還是會出逃到一個你真正有機會創造人生的國家？」

安東回答我的問題像我回答他的一樣，我們無法說什麼，我們不能夠互換立場，也許我們也不想。

我們在漫長時間中保持沉默著。

當我要站起來的時候，安東突然緊緊地抓住我的手臂，「你想知道我的任務是什麼嗎？」

15
安東

法娜啞口無語，這是自從我們認識以來，她第一次不知道如何接口。我告訴她的事，就是這麼令人無語。

我的臉感覺到幾滴水，雲朵快速飛移，有時我能短暫地瞥見藍天。

法娜坐起身，最終還是找到了話語，「那你現在怎麼辦？」

「幾個星期前我還是執行這個任務的最佳人選，我認為難民是入侵者、社會的害蟲、民族的敵人。」

「現在呢？」

現在我認識了像法娜、阿里、阿依夏、沙瓦這樣的人。我經歷了難民營、冷藏貨車廂，我知道入侵者背負的是什麼。我能想像他們家鄉的情況有多麼糟糕，不然不會有人要冒這樣的險。現在入侵者不再是在黨綱裡的某一條、某一項了，他們真實到不能再真實。我怎麼能就這樣讓這麼多人死去！

「現在呢？」法娜又問一次。

「現在我再次需要妳的幫助。」法娜和我從屋頂上爬下來——我們有一個計畫！

但是當我們從垃圾桶上跳下來時，一轉身就看到對準我的槍管。

警衛中的一人舉著槍，「手舉高，你這個叛徒！還有你，臭女人！」

我環顧四下，只有裝滿垃圾、瓶子和紙的垃圾桶，遠近都沒有人影。

這個人用武器指揮我和法娜朝一個離我們不遠的鐵門移動，門上標示暖器設備。那個人從褲袋裡掏出鑰匙，把門打開，然後擺頭示意叫我們進去。

媽的！這是在幹什麼？我看一下法娜，她滿臉驚恐。

我們身後門砰的關上，面前是一道樓梯，通往黑暗的地下室。

警衛用槍朝樓梯一指。

我一度想從他手中把槍打落，但是他離我太遠了。「想都別想！」

發生什麼事了？他想從我們這裡得到什麼？「是史塔克派你來的？」

「史塔克長官？不是，他賭錯馬了，我只是耳朵很靈敏。下去！」

樓梯底下連著一條細窄的走廊，走廊兩邊有很多通道。「左邊！」

我走得很慢，也許他會趨前靠近。只要一公尺！我就可以冒這個險。

可惜他距離守得很緊，沒有可趁之機。

原來新國家另類黨為了保險起見，派人監視我，他們想要更進一步的保障。

「停！」他用槍指著一道門。

門上的字寫著：儲藏室。

「進去！」

我將門把往下一壓，裡面一片漆黑。我還來不及回頭繼續問，那個人抬腿一踢，我立即跌進了黑暗中；法娜接著跌坐在我旁邊，然後在我們身後的門就關上了。

我馬上跳了起來，但是那個人早就鎖好了門，我對著門又捶又踢，又捶又踢，什麼事都沒發生。

「算了吧，沒有用的。」法娜輕聲說。我們摸索著坐到一起。

「現在怎麼辦？」我問。

「現在我們等，等到炸彈爆炸。」

「法娜！」

「我不知道，安東。在德國用什麼燃燒暖氣？油還是瓦斯？炸彈要是爆炸了，我們在這裡一點生還的機會都沒有。」

「不！」我大聲怒吼，重新開始捶打門扉，一直持續了幾分鐘，但是門連震都沒震一下。我四下尋找，不管是尖銳的器具、一把槌子或者隨便什麼能夠幫上忙的東西。黑暗中我拚命摸索地板，但是沒有，地板上什麼都沒有。

我靠在門邊，扯開喉嚨大叫，直到聲音沙啞，然後法娜也如此做，但是誰會聽見在地底下的我們？

全身汗濕完全虛脫的我，靠著法娜，坐到牆邊，我們的手緊緊交握。

「妳心中有牽掛的人嗎？」我問。

「有。」

「可以多說一些嗎？」

可以的，法娜開始斷斷續續地敘述。

我們兩人這一輩子真的還有很多想做的事，現在一切都要在這個地下室裡結束了。

門的鑰匙孔裡傳出有東西在轉動的聲音，然後門跳開了，我們被突來的光線照得幾乎睜不開的眼睛裡，看到前方出現了一個人影。

我躍起身撲向他，兩個人一起倒在地上，就在我要對他開揍的時候，認出他的臉。

我看著這個阿爾巴尼亞人深褐色的眼睛，他嚇得要死，做夢都沒想到我們會置身在這個儲藏室裡。一個工具箱攤開在他旁邊，槌子、釘子滿地都是。

當他認出我的時候，他開始詛咒，當然是用阿爾巴尼亞話。

我站起來，對他伸出我的手。倘若當時我在樹林裡因為他逃跑而開槍射他的話，我現在應該已經死了。他救了法娜和我的命，而且他救的人很可能不只我們而已。

現在我們只剩一個小時的時間了，我們得要小心，不能讓那個警衛看到我們。

阿里的腳踏車店前面有很多人在排隊，發生什麼事了？

我在阿里的工作檯後面發現他，可是工作檯上現在不是腳踏車了，而是電爐板。而阿里則用一個篩子從一個可以讓小孩在裡面洗澡的盆子，對，那個盆子就是有那麼大，舀出淺褐色的丸子，熱油滴在桌子上，他把滾燙的丸子倒在廚房紙巾上。

阿里巴巴變成鷹嘴豆泥蔬菜球（Falafel）店了。

這個主意真是太天才了，對我們的計畫而言，也很有幫助；愈多的人在外面，得在大廳裡的人就愈少。現在至少有五十個人站在這裡，不是全部的人都在排隊，大多數只是看熱鬧、鬥嘴、抽菸或聊天，畢竟營裡也沒有其他的活動。

法娜跑著過來，把打火機和一包菸放進我手裡。

我眼前浮現諾亞念小學時的樣子，像當時我們觸動火警警鈴的時候。那當然是很愚蠢的舉動，因為我們想逃掉的數學考試也不過只因此延遲了一天。希望這次我們的計畫會成功。

法娜還從她的外套裡拿出一個噴罐，她什麼都想到了。

「妳這是從哪裡變出來的？」

「阿里的修理廠。」她對我一笑，擁抱我一下，又朝大廳的方向跑去。

我在牆邊找了一個位置，這個位置從馬路還有入口都可以清楚地看見，雖然如此，探照燈還是無法直接照到這裡，警衛中沒有一人能夠第一眼就發現。

我搖動噴罐，喀啦喀啦響。

我從大牆面開始噴，顏色是黑的，為什麼不呢。我把牆上句子裡的每個字都噴得像人那麼大。

警鈴響起，法娜的行動開始了。我得趕快，在人群從建築物裡奔湧出來之前。

警衛中的兩個人跑向大廳的入口，其中一個非常激動地大喊：「所有的人都出來！快點，出來！」

哦，他們不能用英文喊嗎？天搖地動的。

一束光線射出。

雷聲大動。

然後我飛了起來。

我的臉擦過玻璃和石頭，翻了好幾個觔斗，落地時，背躺在地上。當我去摸臉頰時，手指上都是血。

空氣聞起來像是什麼燒焦了，耳朵裡一直吱吱作響。我只能聽見這個聲音，其他什麼都聽不到。我身上疼得要命，眼淚都掉下來了，熱氣朝我迎面撲來。

法娜，法娜呢？為什麼這個可惡的炸彈現在就爆了？到處都是濃煙和烈火，我得去找法娜！

成打的人一邊驚呼，一邊迎面湧來，很多人都受傷了。法娜在哪？我哪裡都沒看到。我想找大廳的入口進去，但是找不到，入口不見了，建築物的立面被炸毀，殘破的家具攤倒在碎玻璃上。

然後我發現阿里，就在裡面，建築物的裡面，或者是建築物殘骸裡面。他跪在一具沒有生氣的身體前，是法娜嗎？

阿里舉起手臂，身體慢慢前傾降沉，直到頭碰觸到地板，我馬上理解他在做什麼。這是第一次我看到阿里在祈禱。

從炸毀的建築物裡有愈來愈多的人湧出來，最後我還是掙扎著，逆著人潮走到阿里身邊。

但是他身前躺著的人，不是法娜，而是那個阿爾巴尼亞人。

大廳裡煙霧瀰漫，根本無法看清誰是誰。我咳嗽著，並將我被扯爛的上衣掩在口鼻前，皮膚上是燒炙的熱氣。我來到一面火牆前，再也過不去，我轉身跑回去，看到她就站在那裡，團團煙霧中，腿在流血的她攙扶著一個警衛。

法娜不知在大聲叫喊著什麼，但是我只能看著她的唇上下移動，我的耳中能聽見的，還是只有那個吱吱吱的聲音。她揮手叫我離開，馬上離開。

對啊，這是我們的計畫，即刻離開，潛入地下，直到媒體報導指出幕後主謀是誰。但是制定計畫的時候，我們並不知道炸彈會這麼早就被引爆。現在有受傷的人、死去的人，而我有連帶的責任。

藍色閃光從外面射入，現在我誰都無法援助，我必須逃了，法娜是對的。

她將受傷的警衛拉扯在身邊，對著他的臉叫喊，讓他也可以自己行走，不要放棄。

法娜和那個警衛現在站的地方靠近那面我噴了口號的牆，每個字都有人形那麼大。後面水泥天花板低聲吼叫，塵霧滿天。

在我前面的地上有一支手機，不知道是哪個人遺落的。

我把手機拾起來，用它拍了僅一張的照片，傳給手機主人共五三二個好友。

然後我將手機扔進火裡，再看一眼法娜，猶豫著。她仍然拚命揮手要我走。

然後我跑了起來，混亂中並沒有人注意我。

突然有一個人影從門房後面狂奔而來，是那個把我們監禁起來的警衛。「站住！」

他大聲吼叫著朝我撲來。

但是這次我的動作比他快，帶著所有的怨氣，我舉起膝蓋往他兩腿之間狠命一撞，他哀號著癱倒在地上。

我站起來，開始狂奔，一直跑，一直跑。

感覺時間漫長流過，好像永恆那麼長久，我穿過樹林，無目的地地一直前進。樹林裡的小徑在林木之間呈現直直的一條線，我的腦袋裡仍然在撞擊，我不管它，現在最重要的是這雙腿。

我什麼都不想，只要遠離，遠遠地離開難民營。

不知道什麼時候，我的身體告訴我，我不行了。我直接躺倒在林地上，我的心臟還在狂跳，我張大口拚命吸氣，腦海裡浮現我寫的人體般大的字。

16 諾亞

我感到心臟在喉嚨裡快跳出來了。安東說得對，我應該要多運動，至少一星期去慢跑一次，我感到呼吸急促，快喘不過來了，儘管如此，我還是徒步穿過了樹林，途中攀爬過倒在路中間的樹幹，推開茂密的灌木叢，我的鞋底現在黏著半公斤的土。

路卡斯的老舊摩托車就停在離這裡三公里遠處的樹林邊緣，那台爛車的聲音太大，門房裡的警衛大老遠就可以聽到我來了。

我站在灰色、四層樓高的建築物後面，正面入口處是什麼，我很清楚。曾經有一段時間，我至少一周來這裡一次：望陽養護院。下面是小小的字體，而且還是斜體：有尊嚴地老去。哈！狗屁！那裡面什麼情形我都知道。

我蹲在黑莓樹叢後等待，但在這棟建築物背面的小公園裡，什麼動靜都沒有。一個坐輪椅的老太太在金魚池子邊，將一塊一塊的麵包屑丟進池裡。她不會去觸動警鈴的。

我發現一扇開著的陽台門，雖然門後不是我要去的房間。另一個房間的大窗戶後面看不見什麼，時機不可失，就是現在！

我沿著池邊要跑到那扇門，還有兩步就進去了，卻聽到輪椅上的老太太喊：「他在睡覺！」

我停步轉身看她，她的輪椅噗噗作響，愜意地朝我滑行而來，經過我身邊，又穿過露台的門。

「請進，諾亞！」

我跟著她進房間，電視機的音量是開到最高的。一隻老虎在狩獵，每個動作都被一個專家解說詮釋，然後那隻猛獸上前撲抓獵物，那四條腿的犧牲者骨頭被撕裂。我試著回想那位老太太的名字，但是完全想不起來。「您怎麼知道我叫諾亞？」

「因為在你祖父的房間裡，到處都掛著你的照片。」她把水果籃放在懷裡，然後滑到我旁邊的桌邊，把水果籃放到桌上。「而且他一天到晚掛在嘴邊的都是你。」

我必須走了，時間很緊迫，每一秒都可能有人進來。我不想表現得粗魯沒有禮貌，但是——「他很愛你，最愛的就是你，所以他擔心得不得了。」

「我知道。」

她切開一個蘋果，遞給我一塊。「你是軍人，對嗎？」

當然，她是從他那裡知道這件事的，他說話永遠只有兩個主題，我的軍人生涯和我的也被填滿軍人的故事的孩童時期。他出生於一九三五年，經歷了所有男人都被拉去參軍的歷史，他的父親也被拉去了，而且沒有再回來。從那以後就沒有人像他一樣那麼憎恨戰爭。

「是的，我是軍人，呃，我以前是軍人。」

老太太看著我髒汙的鞋，「你在密謀什麼，是嗎？」

我擦抹鞋上的泥，真是丟人，我乾脆把鞋脫下拿在手上，「不好意思，我現在真的要走了。」

「沒有人肯花時間在老人身上了，連看護我都很少看到。」

「又有人離職了嗎？」我馬上後悔問了問題，這樣繼續談下去，我怎麼走得了？

「離職？他們是逃走的！我很理解他們為什麼要逃。一個政府怎麼可以做這種事！這種性質的人員我們要珍惜，可是他們卻被霸凌、被逼走。」

「我——」

「就是，就是，被霸凌！政府真的壞透了，先是禁止戴頭巾。頭巾我也戴過，年輕的時候。而且我母親那個年代，在德國很多女人都戴頭巾，尤其在鄉下……今天怎麼把這種小題拿來這樣大作文章。」

「我知道，但是現在——」

「這些看護小姐，她們真的很勤快、很親切。信回教的先走了，然後其他人很快地也覺得不舒服。」

我慢慢往門那邊走。

「現在只要不是真正的德國人就得飽受折磨威脅，什麼是真正的德國人啊？德國人到底是什麼啊？我父親是從波蘭移民過來的。」

我把門把往下壓，我當然可以跟她聊幾個小時的國家另類黨，聊他們怎麼破壞了社會結構、社會福利。

「沒關係，算了，」她突然說，「你要走了，年輕人都這樣，一直在找新鮮事。」

走廊上空蕩蕩的，不知道哪裡有個機器一直在嗶嗶嗶地叫。門裡傳出脫口秀、烹飪節目、大自然紀錄片的聲音，哇啦哇啦沒完沒了。我迅速把鞋套上，順著走廊走下去，在前面左轉，應該就會走到我要去的房間了。

當我在轉角小心翼翼地先探頭出去看時，一個穿白色大衣，手上的托盤裡都是裝著藥的塑膠杯的女人，跟我正好對上眼。

我們兩人都大吃一驚，她打翻手上托盤的那一剎那，我們都伸手去挽救，當然都沒有成功，杯子全都翻覆，滿地打滾。真是太好了，我幹麼不一開始就敲鑼打鼓！

「我的天！你真是把我嚇死了！你是新的實習生嗎？」

我一開始不明所以地看著她，「呃，對，沒錯。」

「太好了，歡迎歡迎。我們以為你一小時之後才會到達，這樣更好！」她指著走廊，「更衣室在大門的右邊。」

「好，那我……」

「我以為你是黑人。」

「會來我們這邊的，基本上只剩黑人，除了黑人，沒什麼人自願做這樣的工作。」

「黑人？」

「對啊，非洲人。他們不怕這裡排外的仇恨情緒，他們只有這個選擇：餓死或者在這裡工作。」

「了解。」我跑起來，真的實習生如果早到就糟了。

終於，我站在祖父的房門前。新的格言掛在門上，我認得他的筆跡：**在很多可怕的事物上已經長滿綠草，所以我們不能再相信任何綠地了。**每次我來的時候，門上都是不一樣的格言。

我敲了敲門。

電視機裡閃動的畫面不是伊朗、阿富汗就是敘利亞。我只認得出炸毀的鬼城、沒有穿防彈衣但是拿著卡拉什尼科夫槍的男人。祖父的電視只播新聞頻道，不論日夜，難怪他無法擺脫戰爭的創傷。

他的眼睛發亮，「我何德何能？」

「你不會相信外面發生了什麼事。」

「我每天都在看。」他說，搔搔他的鬍渣，手指電視。「你現在也要動身了？要跟國家另類黨宣戰了？」

「爺爺！」他真的是一個奇妙的人。不到三秒，我們就沉浸在他的世界裡。

我走到床頭櫃從抽屜裡取出兩個杯子。我們見面的儀式不只是高度政治，藥酒也是重要的一部分。我從背包裡拿出酒瓶，七五〇毫升的大瓶裝，不是通常我會帶的兩個迷你瓶。

爺爺故意睜大眼睛，他在微笑。「你想殺了我嗎？這麼多我們怎麼喝得了？」然後他看著我，突然變得很悲傷。「你很久都不會再來，是嗎？」

我沒有回答，只是坐到他身邊，輕輕撫摸他的大手手背上的老人斑，這也許是最後一次了。

他移開視線去看電視，有什麼大事發生了。

「音量開大一點。」

女主播下面的走馬燈寫著快報，她自己則報導：「……地方警力。許多難民還被埋在瓦礫之下，嫌犯在牆上留下了訊息，接下來要播出的照片，是事發之後即時在網上流傳的。」

爺爺憤怒得直搖頭。

我的胃裡翻江倒海，安東有沒有躲過這一劫？他跟這場恐怖攻擊有關嗎？

17 法娜

我們恨你們，滾出去！這個寫標語的主意是安東想出來的哦。下面其實原本還要署名新國家納粹黨，但是他時間不夠，沒有完成。這樣也許更好，反正沒有人相信，而且誰知道，這場襲擊的幕後主使者到底是誰？極端主義的政客可一點都不笨，不會留下痕跡的，出了什麼差錯，他們也不會承認，更何況炸彈一定都是別人扔的。這些是我到德國之後學到的，多虧安東，而他自己也是直到現在才明白這些。

我看著鏡中的自己，五分鐘以來，一個彩妝師一直在我臉上塗塗抹抹，她在盡力做好她的工作，所以她發覺到，我顫抖得有多厲害。

「您不需要這麼緊張。」

我坐進椅子裡，背往後靠，慢慢轉動頭頸。「這是國內最好的政論節目，內容是現場直播的，而我從來還沒有上過電視。」

彩妝師笑了，她將灰色的一綹髮絲從臉上拂開。也許她入這行已經十多年，見過無數的人在化妝鏡前發抖。

她把刷具放下，在鏡中觀察我的臉。

「女主持人是支持您的。」

「為什麼？」

「因為她憎惡另外一邊。」

另外一邊？在德國這件事就是最重要的，你不是支持國家另類黨，就是反對它。這個黨總是強調德國民族，強調國族，也就是說只有一個族，好像所有的人都一樣，都是平等的，但是也因為如此，這些另類黨人把一個國家搞得四分五裂，再也沒有什麼是統一的。

彩妝師把粉盒蓋上。「國家另類黨把所有具批判性的報導都歸類為不實報導。」我自己今天當然不會以批評國家另類黨的態度出現在電視機前，我想做的，是另外的事。

這幾天我住在艾娃家裡，艾娃之前在做志工。難民其實應該要待在原來的營區旁邊搭起的臨時收容所，但是艾娃很快就把我接了出來。

因為那張照片，我一夕之間成為英雄。那場攻擊不論在哪家媒體上，都是醒目的頭條。安東傳出去的照片被流傳在網路上，頃刻間就有幾百萬次的分享。

現在我的身分是解救德國警衛的那個黑女人。

然後就是我們留在牆上的線索。報導是這樣說的：「官方不排除犯案動機可能是排外心理。」不然，「我們恨你們，滾出去！」還能怎麼解釋？

安東和我用這個辦法留下線索指向真正犯案的人。

報導之後接著來的是抗議示威，在柏林的一次群眾示威遊行時，人們高舉標語：反對排外者！

晚餐是艾娃的先生烹飪的料理，我大部分的時間都在被書架包圍的客廳裡度過，一點都不覺得無聊。

但是，在艾娃家讓我感覺最棒的，其實是：我擁有自己的房間，空間很大，而且有一張舒適的床。我最想做的事是一直睡，都不用起床；可惜我的睡眠很不安穩，總是夢見爆炸的瞬間，無法有好的睡眠讓我非常疲倦。

況且不安穩的還不只是我的無眠夜晚，還有當艾娃幫我抵擋電視記者和攝影師的糾纏的時候。如果是官方的人要找我談話，艾娃就會客氣謹慎地要求對方讓她看許可證明和一切相關文件。因為我居住在艾娃家的消息，很快地就人盡皆知，甚至我人都還沒有搬進來，郵差就已經送來了第一封恐嚇信。

艾娃馬上給一家廣播電台打電話，告訴他們這件事。五個小時之後，警車來到門口。從我入境以來，我第一次為看到警察而感到高興。

信中的仇恨語氣跟網路上的社交媒體比起來，真是小巫見大巫，網路上會有像──送給你滿是坑洞的橡皮艇，讓你划回去──這樣的句子。

晚飯的時候，我敘述這些句子給艾娃聽。我們一起坐在廚房吃千層麵，我淺嘗一點紅酒。

「自從事件發生以來，有愈來愈多人在問，國家另類黨是否真的是一個好的另類選項。當然，這樣的質疑讓右派坐立難安。」艾娃說。

我啜飲著酒，「但是執政黨不是由多數人選出來的嗎？」

艾娃在我盤子裡裝上第二份熱騰騰的千層麵，「很多德國人在上一次選舉的時候，傾向鞏固國界和擴張軍備，也就是說想要一個強大的國家，入侵者應該收得愈少愈好……但是這不表示他們想成為殺人兇手，尤其他們沒有想要以這樣的方式逼走任何人。」

我把盤子拉到旁邊，這是讓艾娃不要再幫我添麵唯一的做法了。

「燈光、聲音測試，三分鐘後。」有人在門邊喊道。

我馬上要上節目了，艾娃將會在電視上看到我。

「您需要一杯水嗎？」我搖搖頭。

一個男人進來幫我接裝麥克風線，他把麥克風別在我的襯衫上。我的襯衫是短袖黑色的，下面是黑色牛仔褲，這些都是艾娃幫我搭配準備的。

走來一個女人，我猜測她約有三十多歲，坐到化妝鏡前。「我是節目的主播。」

為什麼這裡所有的人都一直在對我微笑？

「我們在電話裡談過，感謝您的蒞臨，到柏林來的路上一切都順利嗎？我們很高興即將和您一起做節目。」

我還在思索應該怎麼回答，她就已經一陣風地離開了。也許她對所有的來賓都是講這段台詞；對在攝影棚裡馬上要坐在我身邊的那個國家另類黨，一定也是這樣說。

我從電視裡認識攝影棚的樣子，我在阿迪斯阿巴斯已經看過這個節目幾次，在咖啡館裡，如果網路剛好夠快的時候，這個節目是柏林人推薦給我的。

我們坐在日內瓦咖啡館裡，耳朵裡都塞著耳機。電視裡關於經理的薪水、石油的價格，或者其他任何題目的辯論完結之後，我們兩個便繼續討論下去。

我喜歡這個女主播在她的節目裡堅韌不拔、絕不會屈服於對手的態度。

「哈囉！」

我認出這個聲音，轉身，這個聲音就站在我面前。兩個男人走進來，穿著西裝，淺色襯衫，深色西裝外套，臉上是支持國家的笑容，他們是國家另類黨的人。

我們互相伸出手，他們握手自信有力。這兩個國家另類黨的人和其他這裡的人一樣都在微笑，也許在每次政論節目開始之前都是如此，但是當攝影機一對準，每個人又扮演起自己的角色。

當片頭在播放的時候，我們圍成一個半圓、緊張地等待，然後低音聲嗡嗡，節目戲劇性的主題旋律——戰歌——響起。攝影棚內化身為競技場，百萬德國觀眾即將看著我們揮汗廝鬥。

攝影機靠近並擷取我們的特寫，主播介紹我們。兩個政治家有名有姓，還在政府裡有重要的功能作用。而我只是「法娜，厄利垂亞來的入侵者。」這是我們事先約定好的，我可不想收到更多的恐嚇信。

在攝影棚裡的一個大螢幕上，顯示出我那張傳遍世界的照片，最近幾天我看到它不下千次，每次竟都能發現新的東西。在攝影棚裡那麼大面積的影像裡，我覺得我看到阿里了，但並不是很清楚，他身形的輪廓隱沒在浪一般的煙霧裡，在天花板掉下來埋住他之前幾秒，或者那只是他的影子？抑或是我根本不認識的人？

對阿里來說，所有的援助都太遲了，雖然消防隊很快地就把他從瓦礫中解救出來。

他身體的殘餘部分會被送回敘利亞，至少艾娃是這樣告訴我的。

阿里躺在棺材裡回家——這對他的家人來說是多大的打擊啊！他們一定把所有的積蓄都給他當路費逃來德國，而所得到的歸還是國際喪葬公司的巨額帳單。

「法娜，」女主播看著我。

她問了我什麼嗎？

「您救了警衛和許多難民，對很多人來說，您是英雄。您是怎麼應對的？」

國家另類黨那兩個人如坐針氈，他們不想要傾聽，他們想要說話，但是現在輪到我說了，只是我沒有要回答問題，而是實行艾娃的計畫的時機到了。

「我要先說一些別的，把這些說出來對我很重要！」

主播用手托著下巴，對我點頭。我突如其來的宣告似乎沒有讓她感到驚訝。

「我入境的時候說謊了。」

國家另類黨人瞪大眼睛看我。

「我不是厄利垂亞人，我是從衣索比亞來的。我在那裡的一家醫院工作，也經歷了飢荒襲擊農村的慘狀。如果一定要說的話，我所逃離的災難是貧窮，我並沒有被政治迫害，而厄利垂亞——」

「所以是一個經濟入侵者。」一個國家另類黨人對著我叫喊，他的臉剃得光溜溜的，像嬰兒的臉一樣。

「請有點耐心，」主播說，「我們今天可以讓每個人都說完他要說的話嗎？」她對我點點頭。

「我只想成為醫生，我想要幫助我的父母。我只想生存下去，就這樣。當然，也是想要擁有人的尊嚴而生存下去，所以我來到這裡。」

人的尊嚴，這個詞是來自艾娃，但很合適。為什麼我應該在一個頂著鐵皮的破屋裡生活，沒有足夠的電，沒有洗浴間？為什麼我應該是下一個挨餓的人？只因為我出生在衣索比亞？

女主播轉身朝向兩個國家另類黨中的一個。「法娜在入境登記的時候寫錯了。」要這樣總結的話，當然也是可以。

「那我們就來問問國家另類黨的發言人，對您來說，法娜現在不是英雄了嗎？您將會把法娜遣返？」

發言人對主持人微笑，然後也對我微笑。他將雙手攤開，掌心朝上，仍然在思考，然後他短暫地看一下另一個國家另類黨人，臉上的笑容更開一點。

他在拖延時間，但是沒有時間了，他現在必須即興發揮。

「黨的高層今天早上已經在重新評估這位入侵者的情形，內政部長會尊重我們的決策。當然，我們將會把這個例外中的例外個案——這個入侵者——」
「這位女士」，女主播打斷他，「請您直接說：這位女士。」
「我以為我們今天每個人都能把話說完？」他的同事笑了。
「這個非常例外的入侵者能說流利的德語，她是一個虔誠的基督教徒。從這些因素來看，她是能融入我們社會的，她會得到寬大的處理。」
「雖然法娜入境陳述寫錯了？這件事你們今天早上還不知道。」
這兩個國家另類黨人互相交換倉皇的眼光。我總也算是救了一個德國人的命，這在他們的世界裡應該比什麼都算數。
「是，您說的是。」發言人說，「應該沒什麼問題的。」
主持人背往後靠，「那排外攻擊事件的女英雄可以在德國居留多久？」
毫無疑問地，她想用追問問題來折磨這些人。
「居留……居留……大概……」發言人又朝他同黨的同志看。
「她可以在德國居留到念完醫學院，然後我們再看情況。」
醫學院？接下來的五分鐘我腦中只有嗡嗡嗡響。我不敢置信：艾娃的計畫真的開花結果了！她從一個在外交部工作的朋友那邊得知，我的國籍受到懷疑。
許多在德國的厄立垂亞人其實來自衣索比亞，所以我也以這種方式申請居留，是可預測的。也許他們已經調查清楚，打算在今天晚上揭露真相，甕中捉鱉，在廣大的電視觀眾面前把英雄變成說謊的狗熊。

但是被我搶先一步，哈！

攝影棚內所進行的談話早就和我沒關係了，目前我只是一個布景或道具。

主持人手指一張照片，照片中顯示的是燃燒中的難民營，我不在照片上。這樣好，我不想再成為焦點。

等一下，照片上那個地方根本不是我們的收容所。

這個建築物有很多樓層，房子前面停著三輛配有雲梯的消防車。下一張照片是被擊破的窗，牆上有納粹標誌。

主播轉向發言人。

「是不是您政黨的種族隔離政策也可能會引發一些人強烈的暴力行為？」

發言人震驚得張大眼睛，他是一個厲害的演員。「這是一個沒有根據、站不住腳的斷言。」他往後一靠，一根食指伸出，他所使用的手勢，似乎像握著指揮棒。「完全沒有線索顯示，這些襲擊中有哪一個是在國家另類黨知道或者是批准的情況下而做的。相反地，指引我們的，是歐洲基督教的文化。」

這個娃娃臉忙不迭地點頭。「我們怎麼總是成為媒題宣傳的犧牲品，這些記者對我來說，是德國民族的敵人！」

「但是有些說法是，在這些排外的攻擊背後，隱藏著自稱為新國家另類黨的激進派系。」

發言人憤怒得猛搖頭。

主持人繼續往下說，「很顯然是一個分支，您的政黨會分裂產生派系，歷史上前例是有一些的。」

「但是……但是……」現在兩個人中的另一個重新開口了。

他緩慢慎重地說，「年輕的政黨經常會這樣，其他黨派也是如此。情況很不容易，我們之中很多人從未擔任過政職，從未做過政治行政，要找到妥協辦法與正確的途徑，我們還不是很行。」

真是廢話連篇。

主持人剛剛要追問，娃娃臉又開始說話了。他從西裝口袋裡拿出一塊手掌大的布，當他把布塊在椅子扶手上攤開時，我認出那是歐盟的旗幟。

「請讓我利用這個機會，表白一下我的信念。」他拿出打火機，點燃旗幟。「我因為深愛我的國家所以走上從政的道路，也因為深深擔憂這個國家的未來，所以我們終結了歐洲是一個共同體這種愚蠢的事。我們不會讓任何什麼別人替我們做決定。」他停頓一下，「國家另類黨是人民的聲音。我們不會施行任何恐怖攻擊，我們愛我們的國家，我們就是人民！我愛我的祖國！」他放手讓小小的旗子掉落到地板上，然後踩熄火焰。他像常勝角鬥士一樣驕傲地朝我們看過來，等著我們鼓掌喝采。但是在攝影棚裡並沒有觀眾在場，只有女主播、我、他的同志和技術人員。

主持人對被羞辱的旗子不感興趣，她翻閱記憶卡，兩隻手指扶壓耳朵，看樣子正在接收導播的指示。她俯身前傾，「那我們具體地來談一談我們的國家。您的政策，例如家庭政策，你們黨員裡有些人正好給出最糟糕的範例。」

那位娃娃臉看著地上燒剩的旗子。

開口說話的是發言人，「我們政治家的私生活應該也真的能如所有德國人的私生活一般，純粹屬於個人的隱私。」

「是嗎？」主播問。「在你們的黨綱裡，私生活真的純粹是個人的事？」

「如果我可以問的話，您到底想說什麼？」

「你們一再告知眾人，一定要生孩子，嫁娶什麼人最好，什麼人最好不要。」

「什麼意思？」

「例如說同性伴侶。」女主播轉頭看娃娃臉。「您自己也說這是愚蠢的主意，如果所選擇的伴侶不是黨綱裡的理想類型。」

國家另類黨那個人揉捏自己的手，「那也許是在一個選舉造勢集會上，這種場合的發言都是加油添醋的。」

「加油添醋？因為是選戰。哦，所以亂說是沒關係……網路上在流傳，你們黨主席想跟夫人離婚，他們一起養了三個孩子。黨主席背後被議論跟一個女政治家有曖昧。這符合你們的家庭政策嗎？」

一個工作人員將燒剩的餘燼掃走，娃娃臉絲毫沒發覺，他也沒有回答問題。就算他說了什麼，也不是一個完整的句子。節目時間到了。

攝影棚的水銀燈熄滅之後，我又回到梳化室裡那個和善的女人身邊。

「她今天特別嚴厲，不是嗎？」

她若有所思地點頭。「節目編輯又更加勇敢了。」她用濕巾將我臉上的彩妝抹去，再抹上面霜。「因為妳的關係！」

我張開眼睛，看著鏡子裡的她。

「國內的氣氛在轉變，親愛的。」

「但是也不是因為我啊！」

「有時候只需要一朵小雪花，雪球就可以開始滾動，最後雪崩就會被引發！」

我站起身，她在我雙頰親吻告別。

我在德國要做的是成為一個好醫生，不是一場革命的領導人。節目的一個司機把我送回飯店。我把父母的照片拿出來，在逃難的路上，我幾乎什麼都丟了，但是這張照片還在，差不多可以算是奇蹟。

我把摺好的照片打開，撫平。照片裡的我還是小女孩，在對著我笑。父親抱著我，母親環抱著父親。

我伸手去拿手機，這個其實是艾娃的手機，發簡訊給薩米娜：請告知我父母。

現在，節目結束之後，也是我坦承一切，誠實告知我是哪裡人之後，我的父母也應該知道一切了，但是不能是隨便從誰那裡聽說。

不久後，一定也會有衣索比亞的記者報導關於我的事情，在此之前，炸彈襲擊和那裡沒有關係。我雖然在CNN的電子媒體上看見我的照片，但是衣索比亞的媒體上沒有。在這之前，我還是厄利垂亞人。厄利垂亞和衣索比亞之間彼此沒有好感，不會報導鄰國的事跡。現在不一樣了，現在我是衣索比亞人。

我還沒開始給薩米娜發簡訊，在艾娃的手機上就看到新的訊息和貼文。在節目進行中時，已經有一四六條進來。

有關憤怒的恐嚇訊息，我就跳過去，艾娃的電話號碼早就不是祕密。雖然從我搬進她家後，這已經是第三支手機號碼。

還有一條訊息，沒有詛咒和辱罵：我支持妳，請看連結。當我讀到名字的時候，我又和節目開始之前一樣緊張了：諾亞。

如果安東的朋友跟我連絡，他就會知道一切。但是他是怎麼知道的？安東跟他連絡了嗎？

我打開連結，進入了一個聊天室的網頁。我第一次看見安東的男朋友，他現在要告訴我什麼，我冷汗直流。

18

安東

我的牛仔褲緊緊貼在腿上，我的上衣已經被汗濕透，我抹去臉上的汗，一定得喝一點水了，但是在這種偏鄉，此刻不再有店開著，兩根路燈在主要街道上投下灰色的光。超市裡是空的，櫥窗上掛著一個牌子，我不懂波蘭語。甚至在這個地方村鎮中心的加油站也是關閉的，一輛巴士橫著停在入口。

轉角一家店前亮著紅燈，兩張塑膠椅擺在人行道上，桌上的菸灰缸是滿的。櫥窗的圖是一袋薯條和一個沙威瑪。店裡還有燈光，裡面販賣的人看到我，揮手叫我進去。他是敘利亞人？是土耳其人？我看不出來。他是怎麼滯留在這個偏僻的波蘭村落裡？

他用一把長刀削下烤肉架上的肉，在這個時刻，我是他唯一的客人。他黑色的頭髮綁成一束，藍色的圍裙上寫著：東方烤肉漢堡。

「Dschin Dobreee!（你好！）」他對我說。

「Dschin Do... Dobreee.（你好。）」我的波蘭語到這個程度還可以。如果你是在邊界巡邏的軍人，至少要能說你好，這個我也會，但是比這個還多的就不會了。

販賣的人笑了，然後他換成德語繼續說，「你的波蘭語比我還破。」

我從冰箱裡取出兩瓶水和兩瓶鹹優酪乳，在桌上放下一張鈔票，馬克他一定會收的，畢竟這裡離邊界不遠。「還要一盤沙威瑪肉搭全部的配菜。」

他把薯條放進油炸鍋，「你是剛從三溫暖出來，還是外面在下雨？」

真愛說笑！

一開始的時候，我的耳朵因為爆炸的影響疼得要死，現在不知道走了多少公里，之後疼痛的地方變成是腿了。我從垃圾桶裡撿剩餘的食物，不知道多久之後我終於來到了圍牆邊。怎麼翻過這道牆，我見得夠多了，這並不是問題。在波蘭我想找計程車，找公車，隨便什麼交通運輸工具，但是什麼都沒行駛了。這也難怪，時間已過午夜，我乾脆撒腿繼續走，直到來到這個村子。

賣沙威瑪的人從微波爐裡拿出土耳其麵包，一片一片切好。

第一瓶水，我灌進喉嚨，一口氣都沒有停歇地喝乾，然後打開第二瓶水，前額流出更多的汗。

「你需要乾的衣服嗎？」

我搖頭。

「你要是繼續穿著這一身走下去，每個人一眼就會認出你的身分。」
「我的身分是什麼？」
「一個入侵者。」
媽的，在一個賣沙威瑪的人的眼裡，我是一個入侵者，真是太好了，但是他是對的，我的確在逃難。在德國我不再是安全的，只要新國家另類黨還在我身後追捕，我就不是安全的。對他們來說，我是一個知道太多的人，也是因為如此，我也是一個能夠危害他們的人。
賣沙威瑪的人在他的手機上點了又點，然後再把手機放到耳邊。他是在給警察打電話嗎？
我跳起來，椅子翻倒，我猛地將門拉開，歡迎光臨的牌子掉下來，摔到地上。
這時候我聽到他說的是阿拉伯語或者土耳其語。
我又回到原來的位置，賣沙威瑪的剛把手機放下，奇怪地看著我。「那是我太太。」
當我把翻倒的椅子扶起來的時候，一輛貨車停到店鋪前。四個穿藍色連身工作服的阿拉伯人下車。
沙威瑪商從冰箱裡拿出八瓶啤酒放到桌上，這些人是常客。然後他在吧台桌上將裝滿肉、薯條、捲心菜沙拉、番茄、黃瓜片的盤子推到我這邊來。我的錢還在那裡，沒有被動過，他不要嗎？還是怎麼了？

「我們必須等一下。」他說。

「等什麼？」

「等到沒有人的時候。」

不知道他要幹什麼。

我在吃的時候，阿拉伯人喝他們的啤酒。熟食店主人擦抹吧台、掃地。他把沙拉裝滿一個塑膠袋，從烤架上削下至少一公斤的烤肉，然後切更多的麵包，一起裝到袋子裡。可能是要帶給家人的宵夜、晚餐。

工人們很快地喝完，他們要回家了。他們一離開，沙威瑪商即馬上把門從店裡面鎖起來，把歡迎光臨的牌子反轉過來，關燈。

「我呢？」

他沒有回答，而是把裝沙拉的盤子推給我，裝麵包的袋子掛到我臂上。

給我的？我看起來餓得這麼慘？

「現在跟我來。」

我跟著他穿過走廊，來到樓梯間。他打開一扇門，門內是往地下室的通道。

我腦海裡閃現那個警衛，難民營裡那個地下室。但是說真的，沙威瑪人看起來真的不危險，我可以輕鬆地拿下他。我還是跟在他後面，沒有妄動。

他在我前面先下樓梯，很好，這樣他保持在我的視線內。

地下室裡貯藏著成箱的番茄和黃瓜，架子上擺滿了酒瓶和可樂罐、調味醬和調味料等等。

在地下室的中間，沙威瑪人停了下來，他用腳跺地三次，我們站著的地板移動了，我趕緊往旁邊跳。在昏暗的燈光下，地上這個蓋子我根本沒有看見，有梯子往下通到有照明的空間，我聽見聲音。

「他們在下面做什麼？」

「你自己問他們啊。」

從開口的地方爬出一個男人，他後面跟著一個女人、兩個女孩和一個男孩。

「我叫奧利佛，」男的說，「這是我太太梅蘭妮。」

「年紀大了，再小的山丘都變成山嶺。」下面一個男人的聲音喊道。

我屏住呼吸。

奧利佛俯身，朝洞口說：「請上來吧，有一個新人來了。」

下面那個人不理，興致高昂地繼續喋喋不休：「但是灰塵都堆積在哪裡，只有老掃把才會知道！」

他最後還是上來了。

我們面面相覷，一句話都說不出來，對我們兩人來說都太出乎預料。

「賣菜的！」

「布魯門坎帕老師，您好。」

「你們認識？」奧利佛問。

「說來話長。」我回答。布魯門坎帕應該是同意我說的，他仍然一言不發。

奧利佛理解了我們並不想深入這個話題，至少現在不想說。

熟食店老闆攤開兩張大毯子，鋪在地上，然後走去放在角落的巨大冰箱那邊。回來的時候他捧著一箱鹹優酪乳，遞給大家輪流取用。

「你為什麼從德國逃出來？」奧利佛問。

「這同樣說來話長。」

他點頭，「我們到這裡已經一個星期了。」

「我們還要繼續走。」他太太接口解釋。「我們在等接引人。」

「你們想去哪裡？」

「巴西。」

布魯門坎帕對我點頭，「我也是。」

我忍不住笑出來，趕忙道歉。但是這聽起來真的有點詭異，這些人要怎麼從這個波蘭地下室度過大西洋去巴西呢？

「那你呢？」一個女孩問我。「你要去哪裡？」

我回答了以後，大人都在笑，我才恍然大悟，這聽起來和去巴西一樣荒誕無稽。

「您住德國哪裡？」

「漢堡。我們就是在漢堡認識馬穆的。」梅蘭妮指向熟食店老闆。

「整個漢堡就數我的沙威瑪最好吃。沾醬什麼的，全部都是我自己做的，是世界等級的。」

三個孩子很快就吃飽了，然後很迅速地進入夢鄉。

布魯門坎帕沉默地坐著，這樣的他，我根本不認識，他只是看著我，但不說話。他在想我是不是間諜密探嗎？還是他只是憂慮這點？

「在漢堡我待不下去了，國家另類黨教唆挑撥，」馬穆說，「德國人吃德國食物，德國人跟德國人買食物。」

是啊，這些話我很熟悉。我家那邊不知道什麼時候也在公車站掛出這樣的海報標語。老實說，我當時也覺得這沒有什麼不對。吃是我們文化的一部分，當然要保護它不受外來文化的侵襲，但是那時候我也還不認識法娜，不認識來自敘利亞的阿里或者馬利來的阿依夏。我和外國人沒有接觸，我們那裡也沒有什麼外國人。

在我們村子裡，賣沙威瑪的小店在標語出現之後，就被幾個青少年打破玻璃窗，「青少年的惡作劇。」村長輕描淡寫地說，那時國家另類黨都還沒當選呢。

「在漢堡，我感覺人身很不安全，」馬穆解釋道，「所以兩年前我決定搬來這裡重新開始。」

「但是你們為什麼要離開？」我問梅蘭妮。

「對我們來說，四周也變得很不安全。」「但是你們是德國人啊！」

「你不也是。」

她親吻孩子的額頭。

我還來不及說什麼，馬穆又開口了。

「那我對你來說，不是德國人嗎？」

「還有我，對你來說我只是老掃帚嗎？」布魯門坎帕也加入。

我沒有回答。

奧利佛喝完他的鹹優酪乳，把杯子丟進箱子。「我是記者，寫了很多關於國家另類黨的報導，可能寫太多了，我想。」

「就因為這樣要遠走巴西?」我問。

「我收到匿名信，不是寄到辦公室，而是我家!裡面的內容像：異教徒不准再亂寫。」

他的太太緊緊握住他的手，「有一天早晨，車子的輪胎被劃破。」

奧利佛站起來，來來回回踱步，「德國現在正在發生一些事情，政府一定即將被推翻，一定會的。但是這些人並不會接受新的選舉結果，絕對不會!一場混戰要開始了，而且是一場惡鬥。」

「內戰，」布魯門坎帕說，「像去年在美國發生的。」奧利佛點頭。「要不是有軍隊的話，總統早就下台了。在德國可能也會發生這種事。」

他太太向前靠，「國家另類黨橫掃社會，留下一條疤，現在到處都是不滿的聲音。富人的稅負被減輕，窮人的補助被刪節。」

「還有學校，」奧利佛插話，「我曾經為了寫一篇文章拜訪過一百多個學校。結果是：大多數收入較好的家庭的孩子不再進公立學校，有責任心的老師也跟著走了，他們寧願付給私立學校五倍的薪水。」

「那國家另類黨跟這個有什麼關係?能怎麼辦?」我想知道。

「他們不是把義務教育廢除了嗎?現在社會的裂縫愈來愈大，機會均等這種事已經沒有了。」

他和諾亞可以組隊，他也是什麼都反對。我的諾亞，現在絕對不能開始想念他。

這些討論讓奧利佛感到疲累，他猛打呵欠。布魯門坎帕已經低頭睡著了。

我腦袋裡還在想一個問題，「接引的人要把你們帶到哪裡去？」

「匈牙利邊界，然後從那邊再往下一個邊界，直到我們可以找到一個安全的國際機場為止。」

「為什麼不去華沙或者布達佩斯的機場？」

「太冒險了，波蘭、匈牙利和德國當局合作得很緊密。」

「還有國民自衛隊！」布魯門坎帕說，他醒過來了。

對哦，還有波蘭的國民自衛隊。幸好到目前為止我一個都還沒有遇到。

「你要是看起來像難民，就會成為獵物。」布魯門坎帕補充道。

「他們在這裡獵殺德國人嗎？」

「獵殺所有在德國行動引人注目的人。」

我爬下梯子，真的要睡的話，也要在可以藏匿之處。到達地底，我一手接過小孩。

他們並沒有醒來，還在我懷裡繼續酣睡，我把他們放到角落的床墊上。抽風機啪啪地響，電視裡放映的是新聞，靜音模式。牆上掛著一些圖畫，是孩子們的作品。馬穆向我們道晚安，然後離開。

奧利佛煮水準備泡茶。「加糖還是不加？」

「都好。」

孩子們的畫大部分用黃色和紅色，有一幅畫裡有一個女黑人。

奧利佛把杯子遞過來。「他們在電視上看見的，每個頻道都在播，他們再也忘不掉那個畫面了。」

「每個頻道……」我緩慢地重複他的話。

黃色和紅色看起來像火焰，的確是火焰。女黑人身邊站著一個白人男性，毀壞的水泥天花板在圖畫上是厚厚的灰線，Z字形的，在它崩塌前一秒。

圖畫的畫面前景是法娜和警衛，那是難民營，我拍的照片。

孩子們依樣畫葫蘆，把我用手機拍的照片畫出來。

「你還好嗎？」父親問。

我清清嗓子，「這在電視上？」

奧利佛遞過來的杯子還在他手上。「你這幾天人在哪裡？月球上嗎？」

我接過杯子。

奧利佛給他的孩子蓋上被子。我們，他、他的太太和我，坐在一起。布魯門坎帕已經躺下。

這下面比上面在貨架和冰箱之間更窄，冷靜點，我對自己說，這些人都很和善，我沒有什麼好害怕的，我隨時可以爬梯子和樓梯上去，只要我想。我希望是這樣。

梅蘭妮敘述難民營的攻擊事件，奧利佛則一直不停補充細節。

「那個女人現在怎麼樣了？」我問。

梅蘭妮啜一口茶，「法娜？她現在飛上天了，變成一個女英雄。」

「一個女英雄？」我複述。奧利佛把一份報紙拿給我。

那是法娜的照片，我拍的。報導的內容是關於她也有參加的一個政談節目，然後我的眼光落到另一個報導的標題：末世國度的漏洞——德國政治批判者公開爆祕料。

「這些都是在那場政論之後出現的。」奧利佛解釋道。

難民營攻擊是怎麼回事我知道得很清楚，但是有關駭客攻擊的事我完全沒有頭緒。我感覺前幾天我好像自己處身在外星球一樣，大家都有第一手資料，只有我在打瞌睡。

奧利佛找出一篇文章，用手指指給我看：事件總覽。

文章內容是有關一群不知名的駭客集團所公開的影像資料，有祕密記錄下來的圍牆射擊，有一張照片是勝利微笑的士兵站在五花大綁的入侵者旁，邊擺姿勢自拍，軍靴踩在彎下的肩膀上。

這些駭客還將祕密文件公開，蘇俄來的不法資金，我還讀到這個。

然後還有一份經濟部絕對機密的文件，全都是赤字，所有的部門！

報告裡指出，愈來愈多的外國投資將資金轉出德國，工廠在倒閉的邊緣，許多國家也不再進口德國的產品。

這幾年來發生了什麼事？幕後到底發生什麼事？這麼快就能將一個國家的經濟拖垮嗎？國家另類黨的人簡單地對這些發生的事視而不見？而我跟這些人一樣盲目？

奧利佛再遞給我另一篇報導，上面有一張黑白照片。「這是今天在報紙上的，那是一個真正的英雄，我的英雄，就像法娜！」

標題很直白：通緝國家敵人。照片上是一個著軍裝的年輕男人，照片下寫著：駭客集團首腦在逃。

我啞口無言，對什麼我都有心理準備，但是不是這個。

第二天一早，我仍然一夜無眠地躺在地上，報紙上的消息還占據著我的腦海。我眼前不斷出現諾亞的照片。

其他人都還在沉睡，從抽風機的孔道裡我聽到警車的笛聲，我搖醒奧利佛。

他驚跳起來。

「警笛聲。」我驚惶地說。

他大剌剌地手一揮，又鑽回被窩。「國民自衛隊罷了，他們的警笛每天夜裡都響，孩子們很快就習慣了。」

「誰觸動了警鈴？」

「邊界這邊的波蘭人，他們從德國人那邊得到的消息，就是我們的士兵那邊。」

我看著地板。

「沒聽說過嗎？」

「有……有啦。」我說。

「把人當獵物追捕。」奧利佛說完這句話後，停頓很長時間沒再說什麼。

「這是另外一個我們為什麼要逃的原因，孩子們沒有必要經歷這些。」

「我可以了解。」我說。

「你幾歲？十八？真是年輕啊。」

「年輕是年輕，但是已經夠大，可以……」

「可以什麼？」

「可以把人當獵物追捕。」

奧利佛把被子一掀，站了起來。

如果他現在撲過來，我就把他甩開，然後離開。我往後退，直到背抵到牆。一切都結束了，他會把馬穆叫來，然後把我趕出去。

但是他並沒有想這麼做。

他緊緊地抱住了我。

我讓他抱著，頭靠在他的肩膀上。

警笛還繼續在響。

我終於崩潰，淚水決堤。

19 法娜

警笛響不停，警備車來了又走，走了又來。警方挨家挨戶地搜索已經進行好幾天，我和艾娃以及她的先生坐在他們家客廳裡觀看電視新聞。

電視畫面一直重複，穿制服的、武器、上了手銬的德國人。

是德國人！不是入侵者。

現在他們緝捕的不再是非法入侵者，政府想要揪出的，是洩漏末世國度機密的幕後組織。現在出現在電視畫面的是一個軍人，一定有比安東大上十歲。警察押著他，把他推上一輛直升機。

新聞女主播嚴肅地看著鏡頭，「今天被捕的這位軍官，他公開發布了具高度爭議性的影片資料，資料內容是處決入侵者。他表示，影片裡是他單位裡的一組人，這些士兵以下達給他們的緊急射擊命令為藉口，私下競賽，看誰射倒的人多。」

新聞女主播轉一個面向，對準攝影棚裡另一架攝影機，「我們將鏡頭轉給正在首都召開的國家另類黨新聞發布會會場。」

鏡頭現在是國家另類黨發言人的臉部特寫，我最近才跟他一起坐在攝影棚裡，但是感覺好像已經有幾年那麼久了。

他的雙手緊緊抓住講台，架設在他面前的是一組二十支的麥克風。另類黨的這個人將雙手攤開在攝影機前，他藉由這個手勢想說，沒有什麼需要隱瞞的。他是另類黨人，只有另類黨所言才是真理。

他的演說長度大約五分鐘，最重要的句子是最後一句。「這幾天來非法公開的影像資料和紀錄呈現出來的是錯誤的印象。我們會盡快將事情查明，提供另類的證據。」

一個記者開始說話。

發言人揮手拒絕，「別問問題，今天請不要問問題。」

那個記者根本不理他，「您怎麼解釋那個……」他在大廳裡喊道。

發言人微笑，搖著頭。「請有耐心一些，親愛的同事們，晚一點再發問。畢竟現在最要緊的是一個正在調查中的案件。」他對那個記者稍稍欠身。記者發布會裡又提出比回答還更多的問題。

另類黨那一位先生摺好他的新聞稿，放進藍色西裝外套的口袋裡。他往門的方向走去，一個肩膀寬闊、戴耳機的先生幫他把門拉開。

被限制發問、得不到回答的那個記者跳起來，衝到講台上。當發言人到達門邊時，記者對著二十支麥克風說出他的問題：「您對最近在公開的影片中，在軍營裡的彈藥庫中那個年輕士兵，怎麼解釋？」

發言人僵在門口，然後電視畫面黑掉了。

不一會兒，女主播在畫面上出現。她清清嗓子：「我們現在接收不到記者發布會的畫面，但是就在剛剛，以下的影片透過不認識的管道送達我們這裡。」

我們在客廳裡屏住氣息不敢出聲，德國此刻正在書寫歷史，至少這個時刻我是這麼感覺的。所有的訊息都是現場直播，上百萬的人眼睜睜在看。

我看著片頭，馬上知道：這段影片將改變一切，徹底地，我很確定。

艾娃一掌拍在客廳的桌上。

我嚇一跳，全身縮緊。

諾亞所記錄的，在彈藥庫裡發生的影片結束。安東無法在影片裡頭被辨認，諾亞改寫了他的臉的畫素。

「重新選舉！這不就表示我們必須重新選舉！」艾娃叫道。

「還是得先公投！」她的先生提出意見，讓大家思考。

我跟不上他們的思維，「什麼是公投？」

「公投是國家另類黨引進的，公民以這種方式能夠參與更多意見。現在就是藉此發聲的時候了！」

這一切對我來說，資訊量有點太大了，而且從幾個星期以來，我的心思其實在想別的事，現在時機成熟了。

「我要出去一下。」

「妳終於要去書店了嗎？」我對艾娃點頭。

「什麼書店？」她先生問。

「這是我們的祕密。」艾娃一邊說，一邊對我微笑。

「這是我很久以來一直想做都還沒有去做的事。」我說，雖然這個回答讓一頭霧水的他，變成頭上下起小雨。

街上已經沒有人再瞪著我看了，我參加過政論節目之後，後續有太多新的議題在政論節目裡出現，報紙頭版有太多新的臉孔，我再也不是英雄、不是明星了，甚至連小星星都算不上，頂多是一顆流星。

有一度我甚至紅到衣索比亞去，電視上曾經做了關於我的一個小報導。這個報導播出時間是在德國政治談話秀，我正式承認自己是衣索比亞人之後，薩米娜有將報導的連結傳給我。

幸虧薩米娜在政治談話節目之後立刻跟我的父母通了消息。好吧，她其實只告訴我，我那位一聽此消息馬上淚流成河的母親。母親流的淚是因為太高興，還是因為太擔心，薩米娜不能判斷。

自從流亡之後，我和母親的第一通電話只持續了幾分鐘。母親一直在哭泣，而我不知道應該說什麼。我不可能跟她敘述我經歷過的所有一切，也許以後可以，在我們某次再見面的時候，但是絕不是現在，不是在電話裡。

從艾娃家出來，我很快到達地鐵站。站裡的螢幕上播放著一支沒完沒了的廣告，廣告的是新的止汗芳香劑。一星期以前所播放的還是新聞，有關揭露另類黨的新聞、醜聞，現在媒體不再關注這件事了。

停靠遠途火車的車站距離大約半小時，我很緊張。

今天終於把這件事完成，這是件好事。

火車準時開出，我在靠窗的位子坐下。窗外的風景持續三刻鐘的時間從我身邊迅速掠過，大樹、小河、草地、原野和湖泊。

德國的景色真的綠得非常美麗，而且這麼空曠。

我真的不知道，為什麼要這麼小題大作。什麼外國的影響太強大云云，這裡不是有足夠的地方給大家嗎？新來的人口甚至不會引起注意，而且如果不是因為另類黨在經濟上閉關鎖國，也能有足夠的工作機會給所有的人。

火車停靠中央車站的時候，我的心都跳到喉嚨了。我靠艾娃的手機告訴我，從這裡到書店的路徑要怎麼走。

我一直都在告訴我自己，也許這一切根本沒有意義，有的可能只是難堪，但是沒有用，我現在還是必須弄清楚，必須去書店，然後我才會明白，我處理這件事的心態是不是太天真。

行人徒步區裡人潮湧動，下班時間，大家都在採購。有一個攤子好像在免費大放送，有人群長龍排在前面，甚至有人在推擠。

一個行人對他們大喊「國家的叛徒！」其他人也附和，突然間有一組人出現，站在排隊的人面前，「國家的叛徒！國家的叛徒！國家——」

一輛警車駛來，要是現在不發生衝突，什麼時候才會！

我走近一點，看見橫掛在攤子前的布條——立即重新選舉！

那些在排隊的人，原來是等著要簽名、連署。而連署到底需要收集到多少人的簽名？幾萬個？一百萬個？一千萬個？

兩個警察從警車上下來。

我想到自己的家鄉，我對衣索比亞的警察懷有恐懼感，因為他們會用警棍毆打示威抗議者。在德國不會這樣吧？他們會嗎？

攤子周圍的人的態度明顯反映出警察出現了，再沒有人推擠，甚至喊叫的人也噤聲了。一對銀髮夫婦甚至走出隊伍，急急離去。

警察中的一個拉開嗓門，聲音大到每個人不得不聽見：「我可以在哪裡簽名反對國家另類黨？」長龍裡的人大聲鼓掌喧噪，每個人都鬆下一口氣，我吐不出來的那口氣也順暢了，大家甚至主動讓位，讓警察插隊。

行人繼續停步觀看，至少有五個人舉起他們的手機拍攝，馬上就會有幾千人知曉這個場景了。

觀看的人群中有一個人手上提著一個紙袋，紙袋上是一家書店的廣告。

書店！不到兩分鐘後，我人在書店裡了，三樓擺設的是有關旅行的書籍。

我站到非洲的陳列架前，看到有關我家鄉的書，架子上有三本。我快速地翻頁瀏覽，看到一個卡洛族的半裸女人，她的頭上戴著羽飾。另一張圖片上有兩個木耳西族的女人，她們的下唇都塞著小圓盤；我還看到鱷魚、狒狒、羚羊、一個沸騰的火山口、巨大的湖泊、雄偉的高山、童話一般的林木和瀑布。

這真是奇怪的感覺，所有的觀光客可以在他們為期兩周內的旅程裡，在我的國家中所見到的遠比我一輩子所知的還多。我只認識人滿為患的首都，以及在阿法爾州、卡拉的醫院周圍乾涸的土地，還有從首都到阿法爾看不到盡頭的公路。

旅遊指南上顯示的，是我的國家陽光的那一面。理所當然該如此，不然還有誰要來？但是大家所想要看到的非洲，也只是這樣的非洲，不馴的、有著無盡的熱帶稀有樹種、草原和異國風味食物的非洲，雖然我們在家每天只吃得到因傑拉餅配蔬菜。

「您需要介紹嗎？」我身後一個聲音問道。我一轉身，直視著約拿斯的眼睛。

20 諾亞

我無法相信我的眼睛，「蛤？我應該什麼？」我在鍵盤上敲打，「你不是開玩笑的吧？」

伊凡剛剛建議的，根本就是一個爛笑話。

「機場對你而言太危險了。」他寫的回答。「你們爆料爆得太過分了，你不只是在德國被通緝叛國。」他搭配訊息傳過來一張照片。

我看著我自己的照片，下面有些基里爾字母（斯拉夫語）。哦，我在伊凡的國家也大名鼎鼎了，別的地方不敢說，但是在警察機構和駭客群中，我已經是無人不曉了，真是恭喜啊。

接著的一張照片中我看到萊恩和蘇菲，我們之中的其他人似乎還未被識破。不論如何，這是一個好消息。

伊凡用這些照片讓我信服了，好吧，我接受他建議的路線。

「大家都是這麼做的，」伊凡寫道。真是一個自以為是的人。「你首先要……」他補充道。

直到句尾的未結束的句子之後，再有「至少大多數人」的字出現，三十秒都過去了。這就是俄式幽默嗎？哈哈！

伊凡傳給我一個加密的數據檔案，「在裡面你可以找到你需要的所有連絡地址，請代我向他們一一問好。」

「他們知道你的真名嗎？」

「我的真名連你都不知道，更何況是他們！」

小小的帆船隨著波浪上上下下，雖然它還被綁在小小港灣的粗大鋼柱上。想到它出海後，會怎麼樣的顛簸，我的胃已經在翻攪。

船的名字叫埃斯梅拉達，跟伊凡給的資訊一模一樣。我不需要懷抱希望，希望能有比較大的、比較快的，或者至少比較現代的交通工具，這就是我的船。停泊在這裡，叫作埃斯梅拉達的船，只有這一艘，坐上它，我馬上就要航向黑夜。

我站到坐在船邊的一個矮凳上的垂釣客身後，眼神往他身邊的水桶裡看。「有釣到鯊魚嗎？」

這真的是一個可笑的蠢問題，但是有什麼辦法，這就是我拿到的密語。

「有，而且還是一條大白鯊。」這個人收線，然後開始架設船帆。他至少有兩百公分高，「哈囉！你曾經坐過這樣的船嗎？」

「在電腦遊戲裡。」

「這艘應該跟電玩裡的差不多。」

我們登上小船，隨著引擎嘟嘟聲，朝洶湧的波羅的海出航。海浪一直將我們的船頭拋高，再讓它重重落下，重複二十分鐘之久，然後波浪變得更大，有些浪甚至晃蕩進船，海水流進船裡，不久我全身都濕透了。

勁風強灌我們的耳朵，我不只濕透，而且還冷透了。我們四周是完全的黑暗，兩百公分高的那人察看了一下小螢幕，然後對著無線對講機說了一些話，但是強風打著我的耳朵，我幾乎什麼都聽不見。

「發生什麼事了嗎？」我對他大喊。

從虛無裡，突然有探照燈對準我們。

而且那是非常亮的探照燈，我必須用手遮蔽以保護我的眼睛，它的亮光就是有這麼強烈。

發生什麼事了？我們是被抓到了嗎？怎麼可能？

什麼東西打到我的頭，我蜷縮在一起。

當我抬頭一看，一條繩子在我眼前，一條像拳頭那麼粗的繩子。

「綁好固定在這裡。」巨人對我喊叫，指一個金屬環給我看。

粗繩一緊，我們被拉著掠過水面，探照燈終於熄滅，我可以看到我們面前的船了。但是那艘船並不是警備船，也不是海岸警衛隊，而是一艘老舊的蹩腳大船，一艘拖著大魚網、魚鉤、鋼索絞輪和其他各樣的漁船。這艘像怪獸一樣的大船是用來捕什麼魚的啊？鯨魚嗎？

我疑惑地朝埃斯梅拉達的船長望過去，「這是什麼啊？他們是誰？」

「現在！」他對我大叫。

大船離我們只剩幾個手掌的距離，一條麻繩做的梯子在風中飄搖。我能有什麼選擇嗎？

我把自己往上拉扯，濕濕的鞋子老是打滑，我抓得緊緊的，然後我感覺繩子漸漸往上收。

不久我就翻過舷欄杆，乒的像一尾被擄獲的魚一般摔在甲板上。立時有許多人七手八腳地過來扶我，我只能辨認他們臉孔的輪廓：黝黑、粗糙的類型。他們幫忙我站起來，並帶領我下去船艙。

一個人扔了一條毛巾給我，桌子上放著乾燥清潔的衣服。

船仍然在搖晃，但是跟埃斯梅拉達比起來好受多了。牆上掛著牌子，一張大海報上寫著GREENPEACE（綠色和平）。

某個人往桌上丟了一杯咖啡給我，黑色的液體溢了出來，糖罐被置放在桌上剛形成的小咖啡池正中央。

一個男人，大概四十多歲，走進這個空間。他臉上戴著厚厚的眼鏡，有長長的黑色捲髮，對我伸出有繭的手，「我是卡爾，伊凡向你問好。」

神祕兮兮的伊凡的確有他的道理，他只告訴我一些環節，整個計畫到底是如何，只有很少數的人知道，這樣比較安全。

「有太多的組織都牽攪在一起。」卡爾解釋。我已經在喝第三杯咖啡，因為這黑色的汁液溫暖了我的五臟肺腑。

卡爾把他的捲髮綁成一束，他有一絲海盜的氣質，只有眼鏡不符合。他好像聽見了我的想法，把眼鏡摘下來，用上衣的一角擦拭。

當我們到達瑞典海岸時，我全身是乾爽的，而且不再發冷了，甚至我在之前還能夠小睡一下。

接下來幾天，我跟伐木工人一起待在一棟紅色的小木屋裡。網路在廣大的森林中仍可以這麼快速，讓我很驚異。

安東縈繞著我的腦海揮之不去，他怎麼樣了？他現在在做什麼呢？我很高興他在這場瘋狂的事件中倖存了下來！直到與法娜在電腦上聊過後，我才真正能確定這一點。法娜在電視訪談上的表現讓我印象深刻，節目一結束，我就立即連絡她，但是她是否準備好跟我談話，那又是另一回事了。而她確實打開了我給她的連結，來到安全程度加強的頁面。

「妳認識安東嗎？」這是我的第一個問題，接著我們還聊了很多。

當法娜將一切告訴我之後，我知道了安東還活著，炸彈不是他放的，而且他和法娜一起救了無數的人，還有，他現在在逃亡以及要逃去的方向。

然後輪到我向她報告，除了敘述現況之外，我還給法娜看了棻恩在新國家另類黨的電腦上偵測到的一段影片紀錄，影片內容是預錄好的媒體發布會講稿：

這次的襲擊以恐怖的方式顯示出入侵者蜂湧進入我們的祖國，這是多麼危險的事。這些人甚至將暴力和恐怖帶入他們自己被保護的地方——德國難民收容營。入侵者的行事是反覆無常、無法預測的，他們還互相殘殺，這些入侵者對我們的國民來說是難以接受的。

除此之外，我們也不能排除的，當然是他們是否有更殘酷的計畫，例如攻擊德國的某個機構，那麼德國的男人、女人和小孩也會成為受害者。我們必須接受這個事實：德國最終必須永遠從這些入侵者中解脫。

當法娜讀完之後，她覺得，「他們無法公開這份文件，因為安東在牆上寫了：我們恨你們，滾出去！」

「你們兩個破壞了他們的計謀，而且破壞得很徹底。」

在我們的森林小木屋中，食物儲藏漸漸短缺。和我住在一起的不是獵人，而是伐木工人。

一天早上，我聽到外面柴油引擎噗噗噗的聲音，一個女人敲門，她有一頭短短的灰髮。她帶來大包小包的食物和日用品，大家熱情地上前打招呼，幾乎把她淹沒在中間。

當她發現我的時候，對我點點頭，說：「現在可以了！」她手伸進大衣口袋，掏出一張信封給我，原來是機票。「你飛上天去吧！」

21

安東

「你要去哪個鬼地方？」接引的人翻了白眼，看起來很好笑，但是我沒有心情笑。

我們坐在地下室，我們是指這家人、布魯門坎帕，以及我和我們的救命恩人馬穆。給這家人和布魯門坎帕的機票，接引的人都帶在身上，他的送貨車據說停在門前。一切都就緒，可以出發了，只是他沒料到我和我提出的需求會憑空冒出來。

我身邊立著一個旅行箱，是馬穆送給我的，旅行箱裡裝滿了他說他反正不再需要的衣物。

接引的人又開始翻白眼，「這是不可能的！」

其他人沉默不語。

我從史塔克給我的信封裡拿出一疊鈔票，塞進接引的人的手裡。

鈔票快速地在他的指間刷過一遍。

「真的不可能嗎？」我問。

他微微一笑，「沒有什麼事是不可能的。」

坐在送貨車裡的行程持續整整一天，我們坐在工具箱之間，但是每個人都有足夠的空間。我們頭上有一盞搖搖晃晃的燈，孩子們根據螺絲和釘子的大小在分類。布魯門坎帕坐在他們中間，給他們指示。

我們吃冷的沙威瑪肉、番茄沙拉和夾起司的土耳其麵包，喝著鹹優格和可樂。當車子緊急煞住時，一定至少有幾百個螺絲釘在地上滾。

有人把門扯開。

我得把手擋在臉前面，才不會被外面的光刺激到眼睛。

孩子們開始哭泣。

三個男人站在我們面前。

當我的眼睛適應了光線，我看到三個人中，兩人是穿制服的。

我們的司機手忙腳亂地比畫，想要說服他們。當兩個警察中的一個伸手要拿對講機時，接引人抽出一疊文件來。

我透過這些人看去，前面是一片樹林，在不到二十公尺遠處。我跑得到那邊嗎？

警察中的一人笑顏逐開，在文件中逐一把鈔票挑揀出來，接著把鈔票放進外套口袋，點了頭，砰的一聲把門在我們的鼻子前關上，十秒之後我們繼續上路了。

我們再一次停車時，已經是晚上，我們停歇在高速公路加油站旁的休息站。我試著辨認車牌，但是經過的車子速度都太快。我們到底身在哪個國家？

我大口吸進新鮮的空氣，並伸展一下手腳。

司機清空了前幾個小時還被當作我們的廁所的水桶。

一輛車停在離我們不遠的地方，車燈亮起又熄滅，三次。

我們的接引人揮手叫我們過去，那輛車的車頂有一個牌子，我們坐計程車繼續前進。計程車的後座擠進我們六個人，我們讓布魯門坎帕獨自坐前座。

車行在高速公路上時，司機將一個信封傳到後座，信封上寫著我的名字。

我扯開信封，裡面是我的機票。機票上的個人資料是根據我的假證件列的。

我們到達機場時是一大清早，晨曉將高速公路旁的樹林映成橙色。在我們頭頂上，等待出發、在轉圈的飛機燈一閃一閃。

首先我們先到那一家人要搭乘的航空櫃檯，然後是布魯門坎帕，他向我行禮告別，笑聲大到行人都轉頭看。

我們告別了之後，司機陪我去櫃台辦理手續。航空公司的地勤看了看我的護照，然後印出登機證。我們成功了！

我將其餘的款項放進司機手裡，現在開始我又要靠我自己了。

當飛機降落時，我醒了過來。我直接在機場的櫃台拿到簽證，我也可以在這裡換錢，反正我也只剩下這麼多的錢。現在我急需用的是一支電話，沒有手機的話我完全不知道該怎麼辦了。賣這類東西的店鋪，我應該無法一下子就找到。

在入境大廳裡好多男人和女人手裡都拿著牌子，希爾頓、喜來登……

一個女人朝我走來，「法國來的，帕斯卡先生嗎？」

「不是，我不是從法國來的。我只是要借個電話！」

她笑了，遞給我她的手機。

我給她看號碼，好讓她安心，我打的電話是國內的，不是什麼昂貴的通話。

但是我的紙條，她連看都不看，她只是走開讓我打電話，同時試著去叫另外一個人：「帕斯卡先生嗎？」

我按號碼，鈴聲響起，響了好久。

終於有人接聽了，一個女人的聲音報上她自己的名字，但既沒有姓氏，也沒有博士頭銜。

「哈囉，我是安東，我下飛機了。」

「安東！你到了？你成功了！」

我呼出一口氣，法娜該做的部分，她已完成任務。

卡拉將一個地址以拼字的方式告訴我，而且所拼的音是我在這裡必須說給別人聽的發音。

衣索比亞的文字我當然不會，而且直到降落在阿迪斯阿貝巴，我都不知道它長什麼樣子。

當我開始把紙條上的字很辛苦地念出來給計程車司機聽時，他立刻笑了。

我把差不多已經揉爛的紙條給他。

他指著上面的號碼，「你有電話嗎？」

我搖頭。

雖然如此，他還是開車了。

我希望他至少對我們要去的地方有點頭緒。他的藍色計程車還是石器時代的，我的窗戶沒有搖手，他給我一把鉗子，我用它把窗戶轉下來。

他還在笑著，嘴裡一直重複著我剛剛唸給他聽的句子。我猜，我一定說了什麼可笑的話。

之後他指指置物架上的一疊書，有英文的字典、課本。「歐洲來的？你？」他問。

「是的。」

多少年來我都以為德國是世界上最重要的國家，但是這個計程車司機把我的國家簡單地歸類進一個歐洲大陸。

他指著那些英文書，「辦公室。辦公室工作比較好！」

他的英語程度雖然不太好，但是我理解他想說什麼。他學習這個語言，為的是將來有一天不需要再開計程車。

「錢比較多？」我問。

他點頭，敲敲方向盤，「一天一百五十比爾。」

聽起來很多錢，直到他換算成歐元給我聽，我才恍然了解。他顯然不知道，幾乎所有的國家都已廢除了這種貨幣。

我們乘著快沒氣的輪胎轉彎，他不踩油門地滑到對向的車道上。我們的旁邊是一個工地，鷹架是用繩子將細瘦的木棍固定綁成的。蒙著臉、穿拖鞋的女人吃力地用一塊板子拖拉著建築細碎材料。

「這份工作」他指著那個女人說，「一百比爾。十個小時。」

「那辦公室裡呢？」

他搖搖頭，「我不知道。」

接下來我們停在一個小店鋪前，裡面正在播放足球賽，曼徹斯特對上不知道哪一個隊伍的友誼賽。我只能看到大螢幕的一個小角。

「來！」司機說。

我下車。

他鎖好車子往前走。

「就這樣？我們到了？」他又笑了。

我要從後車廂裡把我的行李拿出來，但是發現它已上鎖了，而且司機已經消失在店鋪後面。

什麼困難我都挺過來了，冷藏貨車、難民營裡的炸彈、逃亡波蘭、警察臨檢，到頭來我竟然是在光天化日之下，在阿迪斯阿巴斯被洗劫？

店鋪的後面是一條窄巷，孩子們在遊戲。他們看到我，對我揮揮手，我也回應，揮向他們。

「Ferendschi!（陌生人！）」一個綁著兩條辮子的小女孩對我喊道。

「Ferendschi?（陌生人？）」我複誦一遍，聽起來不知道為什麼很有趣。

司機站在一個轉角處朝我揮手，「只要不是這裡的人都被稱為Ferendschi。」

我跟著他來到一扇打開的門前。

綁著兩條辮子的女孩跑到我面前，一邊微笑一邊觸摸我的手。白皮膚，也許是因為這樣。從我在機場坐上計程車之後，沒有再見過一個白人。

小女孩蹦蹦跳跳地拉著我穿進入口，我的司機也跟著穿進來。

他們要幹什麼？我的行李還在後車廂裡，我要拿行李！

裡面的家具少得可憐，總共只有一張小桌子、面對面的兩張沙發，後面掛一張簾子。我想到法娜的家，她家裡看起來是不是也是這樣？她的父親在開計程車嗎？電視裡現在播放的是音樂節目，小女孩跳上沙發跟著音樂跳舞。

我站起來，指指門，「I really have to go.（我真的得走了。）」

司機笑了笑，沒有他的引領，我絕對走不出這個街區，更不用說去拿我的行李！

「Please. I want to go.（拜託，我想離開。）」

他不想要聽懂我的話，逕自跟著音樂拍掌。小女孩充滿期待地看著我，希望我也一起歌舞，但是這只會讓我覺得很尷尬。

慢慢地，我的肩膀開始往前擺、往後擺，像電視機裡的歌者，他們動起來當然快得多。小女孩把動作放慢做給我看，我還是學不會。哦，天哪，我到底在這裡幹什麼？

司機將一個碗和白麵包放在我面前的桌上，我放棄打算離開的想法，在沙發上一屁股坐下。

三個孩子像潮水一般捲進、湧入屋子，一個小男孩坐到我身邊。

「你叫什麼名字？」

「安東。」我回答。

「我的名字是奈畢優！」

其他的孩子也不怕生了，對我大聲喊出他們的名字。

「我的電話！」司機叫道，搖晃著他不知道從哪裡變出來的手機。

哦，我們來這裡是因為這個原因，他只是要拿被忘在家裡的手機。他把我的紙條拿出來，打卡拉的號碼。

在計程車裡司機一直在哼音樂節目片段中的旋律。

孩子們在我腦海中揮之不去，他們的笑容、他們的觸摸，還有他們多麼想跟我對話。像這樣的情況，在德國看起來又會是如何？

我想到諾亞，想到我們之間老是在談的話題，「為什麼我們德國人老是害怕大家想從我們這裡拿走什麼？什麼都沒有的人不是應該更害怕嗎？」

司機拍拍我的肩膀，「沒問題的！」他說，聽起來好像是在安慰我，好像他能看透我在想什麼似的。

幾條街之後車子停下來，司機指向一個住宅區，那邊站著一個年紀較大的女人，穿的是白色衣服。

「這樣沒問題嗎？」他又重複一次，這一次聲音比較大聲，我才察覺，原來這是一個問句。

我將幾張鈔票放進他的手裡，「謝謝！」

「Ameseginalow.（謝謝。）」

「什麼？」我問他。

「謝謝你，在我的國家你說：Ameseginalow！」

「Amsagel……」算了，我說不來。司機又笑了，這次是告別。

我下車，從後車廂裡把行李拿出來，朝卡拉走去。當我對她伸出手時，她看都不看地直接擁我入懷，力道十足地抱了我一下。

她領我進屋，走上四樓，進了廚房。

「你的運氣真的是太好了！」

一張桌子上堆滿了書，她把幾本往旁邊推的時候，從另一頭掉下一本大部頭，她似乎根本沒有察覺，我把地上的書撿起來。

「要不是我得參加一個會議，我人根本不會在阿迪斯，這樣的話，你就得在旅館等了。」她拿出兩個小包，「咖啡還是茶？」

「咖啡，謝——」

她的手機響了。

「抱歉。」

我揮揮手表示不在意。她尋找手機。

我指指她身上的白色背心，手機的亮光在兩百個口袋之一裡閃爍。

她戴好眼鏡，去看螢幕顯示，「你拿到血了嗎？」

她將瓶裝水倒進煮水機，然後撕開一個小包，「薄荷茶可以嗎？」

我其實想喝咖啡，「都好！」

「你必須再問一次紅十字會！」她走去冰箱，從裡面拿出芬達，放到桌上給我。

「好啦，好啦……」她對著手機大叫，然後把它丟到茶包那裡。

「法娜和你……你們兩個所經歷的……啊，真的很——」手機又響了，這次卡拉在她的背心裡翻找，我指向茶包那邊。

「哪一種類型的糖尿病？」她掏出一張紙條，「聽著，不會有問題的，我的飛機再一小時就起飛了。」卡拉消失在房間裡，不一會兒拖著一個滾輪行李箱出來。她又去冰箱裡拿出灰色的袋子、油膏、藥盒和一些有的沒有的，裝進一個袋子裡，然後全部塞進行李箱。

我看著我的芬達，它原先也在同一個冰箱裡。

卡拉坐到我身邊。

「為什麼是衣索比亞？」

想當然耳她會問這個問題。

「新國家另類黨或者甚至不知道還有誰，一定會跑遍世界追捕我。」

「跑遍世界，就是不會找到非洲角來。」她補充道，聽起來卻不是完全信服。「為什麼不去印度或者加拿大，還是其他什麼地方？」

「很簡單啊，德國之外我什麼人都不認識。」

卡拉看著我，好像我是什麼講童話的叔叔。她的手機再度響起。

「我的計程車！」她沒看來電顯示就說出來。「恭喜你成功到達這裡！」

門砰地一聲關上，只剩下我一個人。

我坐在椅子上，不知道接下來該有什麼計畫，然後我站起來，打開冰箱。冰箱裡除了一瓶啤酒之外，空無一物。酒瓶上有一個拿著長茅的騎士和一隻龍，是衣索比亞產的，先放著，等我吃了東西後再喝。我先出門，隨便找個吃東西的地方，但是出門之前，得先上個網。

卡拉的電腦被埋在廚房桌上五本書下面。我先註冊一個新帳號，然後寫信給薩米娜：Today,2 pm, your tree - a friend of Fana.（今日，下午兩點，你說的樹——法娜的一個朋友。）

這個城市根本就是一座迷宮，手上揣著法娜寫的路線指示，我試著盡最大的努力。兩個小時之後，我不敢相信我真的坐在這棵桉樹下，如果是這棵桉樹的話，公園裡所有的樹看起來都一樣。

找到這個地方真的不是一件容易的事，幸好幾個讀中學的男生可憐我，才領著我穿過城市。

現在我終於到了，但是到處都不見薩米娜的人影。

法娜給我打過預防針，她已經告訴過我薩米娜要出門沒那麼容易，更何況是出來見一個陌生人，而且這個陌生人還是一個男人……她更不可能被允許出門了。

我在公園裡散步，眼睛一直注意盯著這棵樹周圍，但是沒什麼變化。一對情侶朝著這棵樹走近，是薩米娜和她先生嗎？我放慢走路的速度，微笑迎向她。他們兩人直接從我身邊經過，根本沒有在看我。

我打算放棄了，今天就這樣，先回公寓去，明天再來試試吧。
「你是法娜的朋友嗎？」我轉身。
一個年輕女孩站在我面前，對著我微笑。我們在樹下坐下，我敘述一切的經過。
薩米娜離開之後，我仍然坐著。我們一見面就已經互相信任，因為我們兩人都認識法娜，這就夠了。
「看！」某個時間點她舉起雙手給我看，說道。
我丈二金剛摸不著頭腦，「什麼？」
「沒了！」
我瞪大迷惘的眼睛，「沒了？」
「是啊！真是太棒了。不是嗎？」
最後我終於明白了，她是在說她的手指上不再戴著結婚戒指了。
當我正要動身離開時，聽到很輕的嗡嗡聲。我轉頭四處尋找，不知道為什麼，我覺得這個聲響很熟悉。
嗡嗡聲更靠近了。

我驚跳起來，想找地方躲藏。

這是反射動作，雖然這裡並沒有人在追緝我。是嗎？還是他們找到我了？

直到我看見那個小小的塑膠東西，我才慢慢放下心來。那是一個應該是從玩具店裡買來的東西，不是真的無人機，更不是軍備級的。

我向四周環顧，想知道是誰在操縱這個東西，但是沒看到有什麼人。

小型的無人機繼續往我這邊飄浮下降，直到它降到我眼睛的高度。

攝影機下面夾著一張紙條：法爾濟飯店，快來！

我一認出這個筆跡，就拔腿狂奔。

五分鐘之後，我快要喘不過氣來地站在飯店前台，「你有從德國來的客人嗎？」

前台小姐對我微笑，「你是安東嗎？」

「是的！」

她看我滿頭大汗，非常激動，就拿出一瓶水來，倒了一杯。

「請告訴我房問號碼！」，我懇求著問她。

她將玻璃杯推給我。

我一口氣喝光，跑上樓梯，數著門牌號碼。

三十五號房。

門是開著的，窗戶也是。無人機停在床上，至少三部筆電和四公里長的電線放在書桌上。

這個瘋狂的改革世界者，他當然不僅僅只是為了我而來。

後記

在這部小說的第一版和當前這一版之間，《末世國度》發生了很多事情，例如有聲書出版（Oetinger Audio）、舞台劇演出（於漢諾威劇院），以及成為免費的學校教材的元素。更多發生的訊息，請看我的網頁：www.martin-schaeuble.net。

德國的政治局勢如何變化，我的反烏托邦小說是否會成為事實，只能再觀察了！但是對法娜的世界而言，在此期間，很多事情都朝正面發展。是世仇的衣索比亞和厄立垂亞居然握手言和，令人驚訝讚嘆——而且衣索比亞政府也不再是《末世國度》中所描寫的模樣了。而此情況是否能維持到下一版印出來，我也對此抱以希望。

致謝詞

為了進入法娜和安東的生活世界，我得到有一艘潛水艇的人們提供的幫助：Nebiyou在阿迪斯阿貝巴陪伴我，Yirgalem在那裡專心一志地聽我敘述整個故事。阿迪斯醫院裡許多工作同仁和我談話，他們指給我看為了寫這本書，我需要看的地方。Jerusalem Abebe陪著我去一個小男孩的家，這家人成功擺脫了貧窮。Wase Gubena研究阿法爾地區已經有很長一段時間，他最了解氣候變遷、全球暖化效應對當地人的威脅有多大。Jerusalem和Wase替救濟世界飢餓組織工作，救濟世界飢餓組織裡的德國同仁也給我很大的幫助。

在小說裡的德國學校，在真實的世界裡是不存在的，但在阿迪斯阿巴斯，的確有一間德國外交人員學校和一所德國軍事人員學校，這兩所學校裡的學生持續地在尋找資助人。我就是這麼和樂於助人的牧師Anja Jacobi相識的。

我在德國做出發前的調查時，幫助我的是在衣索比亞出生的Abdulwahab Ahmed

Sirur。而Rahwa Gebrekiros在讀了安東和法娜的故事後，特別為我回憶起她自己在衣索比亞的時光。在衣索比亞擔任無國界醫生的Dr. Holger Weihe，也以醫學的眼光查看我的手稿。

對人權維護非常積極的Frank Wieber，致力幫助南非的農工。他對於我小說中地域的移情、同理心讓我受惠良多。墨西哥和西伯利亞之間的對話，我要感謝Iwan，他同時也經歷了我對小說構想成形的第一時間。

對於安東的世界，我在德國找到豐富的資料。德國另類選擇黨（Alternative für Deutschland，縮寫AfD）的競選過程，我親身經歷、耳聞過，這個政黨在州議會裡的行為我也親眼目睹，從這些經驗中產生出書中黨員和贊成這個黨綱的人之間的對話。

為了能夠充分描寫諾亞的駭客世界，斯圖加特Chaos Computer Club的Stefan一直在罩我。

和難民的接觸真的豐富了我的世界，因為他們不確定的未來，所以我就不列舉他們的姓氏：來自烏克蘭的Elena、Artjom、Anton和Wladimir，來自阿爾巴尼亞的Liljana、Paparim和Elmedina，來自迦納的Salamatu，來自敘利亞的Amna和Youssef。

還要感謝的是Helona-Stella和她的德國衣索比亞家庭，我的經紀人Aenne Glienke、Alexandra Rak，他們在書的產生過程中幫助很大，還有法律專家Susanna Dahs，我的同事Martin A. Obrecht以及一如既往扶持我的Matthias Simnacher。在卡爾漢瑟（Carl Hansel）出版社很多同事為了這本書盡心盡力，尤其是Katja Desaga、Saskia Heintz、Ruth Nikolay與Stephan Seitz。因為Gabriele Loja和Julia Malik的幫忙，這次在德國袖珍書出版社（dtv）的修訂能順利運作。我的姊姊Belinda是第一稿的讀者。我也感謝Kathe和Rudi提供既令人充滿靈感而且非常田園式的寫作假期。在繁忙的研究調查與寫作期間，我太太與我共同閱讀、共同思考，給我很大的支持。

在書中描述了七十一個難民在冷藏貨車裡的流亡，他們僥倖存活來到德國——在我的小說裡。然而，在現實中他們並沒有這麼幸運（編注：二〇一五年八月在奧匈邊境發現一輛載有七十一具屍體的卡車，為已罹難的難民），而《末世國度》這部小說就是獻給他們的。

Muses

末世國度

Endland

作　　者—馬丁・薛伯樂 Martin Schäuble
譯　　者—宋淑明
發 行 人—王春申
總 編 輯—李進文
編輯指導—林明昌
主　　編—邱靖絨
校　　對—楊蕙苓
封面設計—羅心梅

營業經理—陳英哲
行銷企劃—魏宏量
出版發行—臺灣商務印書館股份有限公司
23141 新北市新店區民權路 108-3 號 5 樓（同門市地址）
電話：(02)8667-3712　傳真：(02)8667-3709
讀者服務專線：0800056196
郵撥：0000165-1
E-mail：ecptw@cptw.com.tw
網路書店網址：www.cptw.com.tw
Facebook：facebook.com.tw/ecptw

局版北市業字第 993 號
初版一刷：2019 年 2 月
定價：新台幣 380 元

法律顧問—何一芃律師事務所

感謝歌德學院（台北）德國文化中心協助
歌德學院（台北）德國文化中心是德國歌德學院（Goethe-Institut）在台灣的代表機構，五十餘年來致力於德語教學、德國圖書資訊及藝術文化的推廣與交流，不定期與台灣、德國的藝文工作者攜手合作，介紹德國當代的藝文活動。

歌德學院（台北）德國文化中心
Goethe-Institut Taipei
地址：100 臺北市和平西路一段 20 號 6/11/12 樓
電話：02-2365 7294
傳真：02-2368 7542
網址：http://www.goethe.de/taipei

國家圖書館出版品預行編目(CIP)資料

末世國度 / 馬丁.薛伯樂(Martin Schäuble)著 ; 宋淑明
譯. -- 初版. -- 新北市 : 臺灣商務, 2019.02
面； 公分
譯自 : Endland

ISBN 978-957-05-3189-3(平裝)

875.57 107022903